© 2024 Jonas Lundström

Förlag: BoD · Books on Demand, Östermalmstorg 1,
114 42 Stockholm, bod@bod.se
Tryck: Libri Plureos GmbH, Friedensallee 273,
22763 Hamburg, Tyskland
ISBN: 978-91-8080-000-6

Genom Linsen

Nathalies Resa från Vuxendagis till Framgång

I denna fängslande novell följer vi den 24-åriga Nathalie Bergström på hennes resa från arbetslös och frustrerad i Falköping till framgångsrik journalist i Göteborg. När en oväntad praktikplats på Falköpings Tidning dyker upp, kastas Nathalie in i en värld av deadlines, grävande journalistik och oväntad kärlek.

Möt Maja, den charmiga fotografen som fångar både nyheter och Nathalies hjärta. Följ med på deras äventyr när de avslöjar korruption, kämpar mot olaglig skogsavverkning och navigerar i den komplicerade dansen mellan kärlek och karriär.

Från små lokala nyheter till rikstäckande skandaler, från nervösa första dejter till ett överraskande frieri, tar denna novell läsaren med på en emotionell berg-och-dalbana. "Genom Linsen" är en berättelse om personlig tillväxt, professionell utveckling och modet att följa sitt hjärta - både i kärlek och i yrkesvalet.

En modern kärlekshistoria vävd samman med spännande journalistiska äventyr, perfekt för alla som älskar en god blandning av romance och yrkesdrama.

Kapitel 1:
Vuxendagisets Fånge

Nathalie Bergström stirrade ut genom fönstret på Arbetsförmedlingens kontor i Falköping, medan regnet smattrade mot rutan i en monoton rytm. Hon kände sig fångad, instängd i ett system som hon kallade "vuxendagis". Hennes blick vandrade över den grå himlen, lika grå som hennes sinnesstämning.

"Nathalie?" Lena Anderssons röst bröt igenom hennes tankar. "Har du lyssnat på vad jag sa?"

Nathalie vände sig motvilligt mot sin arbetsförmedlare. "Förlåt, jag var... distraherad."

Lena suckade, men det fanns en glimt av förståelse i hennes ögon. "Jag sa att vi har hittat en ny kurs som kanske skulle passa dig. Det handlar om digital marknadsföring."

Nathalie kämpade för att inte himla med ögonen. Ännu en kurs, ännu ett meningslöst försök att fylla hennes dagar med något som kändes som bortkastad tid. Hon var 24 år gammal, utbildad, ambitiös - och ändå satt hon här, fast i ett system som verkade designat för att hålla henne sysselsatt snarare än att faktiskt hjälpa henne hitta ett jobb.

"Tack, men nej tack," sa Nathalie och försökte låta så artig som möjligt. "Jag tror inte att det är rätt väg för mig."

Lena lutade sig tillbaka i sin stol och studerade Nathalie noga. "Okej, vad vill du göra då? Vi måste hitta något, Nathalie. Du kan inte bara sitta hemma."

Nathalie bet sig i läppen. Det var en fråga hon ställt sig själv hundratals gånger de senaste månaderna. Vad ville hon egentligen? Hon hade en examen i journalistik, men arbetsmarknaden var hård och konkurrensen stenhård. Varje ansökan hon skickat hade resulterat i ett artigt "tack, men nej tack".

"Jag vet inte," erkände hon till slut. "Jag vill göra något meningsfullt. Något där jag kan använda min utbildning, min kreativitet. Jag vill inte bara sitta på en kurs för sakens skull."

Lena nickade långsamt. "Jag förstår. Men vi måste hitta något, Nathalie. Det är mitt jobb att hjälpa dig, men du måste också hjälpa dig själv."

Nathalie kände frustrationen bubbla upp inom sig. Hon ville skrika, berätta för Lena att hon försökte, att hon sökte jobb varje dag, att hon läste varenda platsannons hon kunde hitta. Men orden fastnade i halsen.

Istället sa hon, "Jag vet. Jag ska fortsätta leta."

När Nathalie lämnade Arbetsförmedlingen en halvtimme senare, hade regnet övergått i ett lätt duggregn. Hon drog upp kragen på sin jacka och började gå hemåt, hennes tankar en virvel av frustration och oro.

Falköping, den lilla staden hon vuxit upp i, kändes plötsligt kvävande. Gatorna hon en gång älskat verkade nu trånga och begränsande. Varje bekant ansikte hon mötte påminde henne om hennes situation - den arbetslösa tjejen som inte kunde få sitt liv på rätt köl.

Hon passerade det lokala caféet där hon brukade hänga med sina vänner under gymnasietiden. Genom fönstret såg hon några gamla klasskompisar sitta och skratta tillsammans. För ett ögonblick övervägde hon att gå in, men tanken på att behöva förklara sin situation igen fick henne att gå vidare.

Hemma i sin lilla etta sjönk Nathalie ner på sängen och stirrade upp i taket. Väggarna var täckta av foton hon tagit under åren - landskap, porträtt, gatuscener. En gång i tiden hade fotografering varit hennes passion, ett sätt att fånga världen genom sin egen unika lins. Nu kändes kameran som låg i garderoben som en påminnelse om ännu en dröm som glidit ur hennes grepp.

Hon sträckte sig efter sin laptop och öppnade jobbsajten hon kollade varje dag. Samma gamla annonser stirrade tillbaka på henne. Butiksbiträde, lagerarbetare, telefonförsäljare - inget som ens kom i närheten av det hon drömt om att göra.

Med en suck stängde hon laptopen och gick till köket för att sätta på en kopp kaffe. Medan kaffebryggaren puttrade, lutade hon sig mot köksbänken och lät blicken vandra över kylskåpet. Där, fastsatt med en magnet, hängde ett gammalt foto av henne och hennes bästa vän Pelle. De log brett mot kameran, armarna om varandras axlar, hela framtiden framför sig.

Nathalie kände ett styng av saknad. Pelle hade flyttat till Stockholm för ett år sedan för att jobba på en startup. De höll fortfarande kontakten, men avståndet kändes. Ibland undrade hon om hon också borde ta steget och flytta till en större stad. Men tanken på att lämna allt hon kände till skrämde henne.

Kaffekoppen i hand, gick hon tillbaka till sängen och plockade upp sin telefon. Ett meddelande från hennes mamma lyste på skärmen:

"Hej gumman! Hur gick det på Arbetsförmedlingen idag? Pappa och jag tänkte på dig. Kram 🖤"

Nathalie suckade. Hon visste att hennes föräldrar bara ville hennes bästa, men deras ständiga frågor om jobb kändes som en påminnelse om hennes misslyckande. Hon skrev ett snabbt svar:

"Det gick bra. Inget nytt. Puss 🖤"

Hon scrollade genom sina sociala medier, såg inlägg från vänner som firade nya jobb, resor och förlovningar. Varje bild kändes som ett stick i hjärtat, en påminnelse om att livet verkade gå framåt för alla utom henne.

Plötsligt kände hon sig kvävd i lägenheten. Hon behövde komma ut, andas frisk luft. Med en bestämd rörelse reste hon sig, drog på sig skorna och grep tag i sin gamla kamera från garderoben.

Ute på gatan kändes luften lättare att andas. Nathalie vandrade målmedvetet mot Mösseberg, det vackra naturreservatet som låg som en grön oas mitt i staden. Här hade hon tillbringat otaliga timmar under uppväxten, utforskande stigar och fångande naturens skönhet med sin kamera.

När hon nådde toppen av berget, stannade hon och lät blicken svepa över utsikten. Falköping bredde ut sig under henne, en mosaik av hus, gator och gröna fläckar. Långt borta kunde hon se Hornborgasjön glittra i solskenet som nu börjat tränga igenom molnen.

För första gången på länge kände Nathalie en gnista av inspiration. Hon lyfte kameran till ögat och började komponera bilden. Klicket från slutaren kändes bekant och tröstande.

Medan hon fotograferade, kände hon hur en del av spänningen i hennes kropp började släppa. Här uppe, med kameran i hand, kunde hon för ett ögonblick glömma bort vuxendagiset, de misslyckade jobbansökningarna, känslan av att vara fast.

När solen började sjunka mot horisonten, satte sig Nathalie på en sten och scrollade igenom bilderna hon tagit. De var bra, insåg hon med en blandning av överraskning och stolthet. Trots månader utan att röra kameran hade hon inte förlorat sin touch.

En tanke slog henne plötsligt. Kanske var det dags att ta saken i egna händer. Om ingen ville anställa henne, kanske hon kunde skapa sitt eget jobb. Starta en fotoblogg, erbjuda sina tjänster som frilansfotograf...

För första gången på länge kände Nathalie en gnista av hopp. Det skulle inte bli lätt, men det var en start. Något eget, något hon kunde bygga på.

Med ny energi i stegen började hon gå hemåt. Imorgon skulle hon börja planera, researcha, skapa en portfolio. Hon skulle visa Lena, sina föräldrar, hela Falköping att hon hade mer att erbjuda än vad ett CV kunde visa.

När hon låste upp dörren till sin lägenhet, kastade hon en blick på fotot av henne och Pelle på kylskåpet. "Kanske är det dags för en ny bild där," mumlade hon för sig själv. En bild som visade vem hon var nu, vem hon kunde bli.

Nathalie somnade den kvällen med ett leende på läpparna för första gången på månader. Imorgon var en ny dag, en ny chans. Och den här gången var hon redo att ta den.

Kapitel 2:
En Oväntad Möjlighet

Morgonen grydde över Falköping, och med den kom en känsla av förnyad energi för Nathalie. Hon vaknade tidigt, inspirerad av gårdagens fotosession och besluten att göra något produktivt av dagen. Med en kopp rykande kaffe i handen satte hon sig vid sitt skrivbord och öppnade laptopen, redo att börja skissa på en plan för sin framtid som frilansfotograf.

Men ödet hade andra planer.

Klockan var knappt nio när hennes telefon plingade till. Ett meddelande från ett okänt nummer lyste på skärmen:

"Hej Nathalie! Det här är Erik Johansson från Falköpings Tidning. Lena på Arbetsförmedlingen nämnde att du har en bakgrund inom journalistik och fotografi. Vi har en praktikplats ledig som reporter/fotograf. Intresserad? Ring mig om du vill veta mer."

Nathalie stirrade på meddelandet i chock. Falköpings Tidning? En praktikplats? Hon kände hur hjärtat började slå snabbare. Det här var en möjlighet hon inte vågat drömma om.

Med darrande fingrar slog hon numret. Efter två signaler hörde hon en vänlig mansröst i andra änden.

"Erik Johansson."

"Hej, det här är Nathalie Bergström. Jag fick just ditt meddelande om praktikplatsen."

"Ah, Nathalie! Vad bra att du ringer. Ja, som sagt, vi har en plats ledig och Lena talade väldigt varmt om dig. Har du möjlighet att komma in på en intervju idag?"

Nathalie svalde hårt. "Absolut! När passar det?"

"Säg klockan 14? Då hinner jag förbereda lite material till dig."

"Perfekt. Jag ska vara där."

När samtalet avslutades sjönk Nathalie ner på sängen, överväldigad av känslor. Det här var hennes chans, den möjlighet hon väntat på i månader. Men med excitement kom också nervositet. Tänk om hon inte dög? Tänk om de insåg att hon var rostig, både i skrivandet och fotograferandet?

Hon skakade på huvudet för att bli av med de negativa tankarna. Nej, det här var inte tid för självtvivel. Hon hade några timmar på sig att förbereda sig, och hon tänkte använda varenda minut.

Nathalie spenderade förmiddagen med att gå igenom sin gamla portfolio, uppdatera sitt CV och läsa på om Falköpings Tidnings senaste artiklar. Hon plockade fram sin bästa blus ur garderoben och lade fram den på sängen. Varje detalj kändes viktig.

Klockan 13:30 stod hon utanför tidningens kontor, hennes hjärta bultade så hårt att hon var säker på att hela Falköping kunde höra det. Byggnaden var inte särskilt imponerande - ett tvåvåningshus i tegel med en diskret skylt som annonserade "Falköpings Tidning" - men för Nathalie kändes det som porten till en ny värld.

Hon tog ett djupt andetag och öppnade dörren.

Innanför möttes hon av en reception där en äldre kvinna satt och knappade på en dator. Hon tittade upp när Nathalie kom in och log vänligt.

"Hej! Kan jag hjälpa dig med något?"

"Hej, jag heter Nathalie Bergström. Jag har en intervju med Erik Johansson klockan 14."

"Ah, javisst! Erik väntar dig. Gå upp för trappan där borta och sväng höger. Hans kontor är i slutet av korridoren."

Nathalie tackade och började gå mot trappan. För varje steg kändes det som om hennes hjärta skulle hoppa ur bröstet. När hon nådde toppen av trappan, tog hon ett djupt andetag för att samla sig innan hon svängde höger.

Korridoren var smal och fylld med liv. Reportrar sprang fram och tillbaka, telefoner ringde, och luften surrade av aktivitet. Nathalie kände hur adrenalinet pumpade genom hennes ådror. Det här var den värld hon drömt om att vara en del av.

I slutet av korridoren stod en dörr på glänt. En skylt på dörren annonserade "Erik Johansson, Chefredaktör". Nathalie knackade försiktigt.

"Kom in!" ropade en röst inifrån.

Erik Johansson var inte alls vad Nathalie hade förväntat sig. I stället för den stränga, äldre man hon föreställt sig, möttes hon av en man i 40-årsåldern med ett varmt leende och en avslappnad attityd. Han reste sig från sitt skrivbord och sträckte fram handen.

"Nathalie, välkommen! Tack för att du kunde komma med så kort varsel."

Nathalie skakade hans hand och log nervöst. "Tack för möjligheten. Jag blev väldigt glad över ert meddelande."

Erik gestikulerade mot en stol framför sitt skrivbord. "Sätt dig ner. Vill du ha en kopp kaffe?"

Nathalie tackade ja, och medan Erik hällde upp kaffe åt dem båda, passade hon på att se sig omkring i rummet. Väggarna var täckta av tidningsurklipp och fotografier, och på Eriks skrivbord låg högar av papper och tidningar.

"Så," sa Erik när han satte sig ner igen. "Berätta lite om dig själv. Vad fick dig att välja journalistik?"

Nathalie tog ett djupt andetag och började berätta. Hon berättade om sin passion för att berätta historier, om hur hon alltid varit nyfiken på världen omkring sig, om hur hon älskade att fånga ögonblick genom kameralinsen. Hon berättade om sina studier, om praktiken hon gjort på en lokaltidning i en annan stad, om hur hon kämpat för att hitta jobb efter examen.

Erik lyssnade uppmärksamt, nickade och ställde följdfrågor. Nathalie kände hur hennes nervositet sakta började släppa. Det här kändes mer som ett samtal än en formell intervju.

"Imponerande," sa Erik när hon avslutat. "Men jag måste fråga - varför Falköpings Tidning? Det måste finnas större tidningar i större städer som lockar?"

Nathalie log. "Falköping är mitt hem. Jag känner människorna här, jag förstår stadens puls. Jag tror att det ger mig en unik insikt i de historier som behöver berättas här. Dessutom tror jag att lokaljournalistik är viktigare än någonsin i dagens medielandskap."

Erik nickade gillande. "Bra svar. Och jag håller med dig. Lokaljournalistik är ryggraden i ett demokratiskt samhälle." Han lutade sig framåt. "Okej, Nathalie. Här är dealen. Vi erbjuder en tre månaders praktik till att börja med. Du kommer att få jobba med allt från lokala nyheter till feature-artiklar, och vi kommer att utnyttja dina fotografiska kunskaper. Det kommer att vara hårt arbete, långa dagar, och lönen är inte fantastisk. Men det är en chans att lära sig, att växa, att bygga ett nätverk. Vad säger du?"

Nathalie kände hur en våg av glädje och lättnad sköljde över henne. "Jag säger ja, absolut ja!"

Erik log brett. "Utmärkt! Välkommen till teamet, Nathalie. Du börjar på måndag."

När Nathalie lämnade Falköpings Tidnings kontor en timme senare, kändes det som om hon svävade på moln. Hon hade ett jobb. Nej, mer än ett jobb - hon hade en chans att förverkliga sin dröm.

Hon tog fram sin telefon och ringde sin mamma.

"Mamma, du kommer aldrig att tro vad som just hände..."

Måndagsmorgonen grydde klar och kylig över Falköping. Nathalie vaknade långt innan väckarklockan ringde, hennes mage full av fjärilar. Hon hade knappt kunnat sova natten innan, så uppfylld av nervositet och förväntan inför sin första dag på Falköpings Tidning.

Hon klev upp ur sängen och gick fram till garderoben. Där hängde den outfit hon noggrant valt ut kvällen innan - en prydlig blus, ett par snygga men bekväma byxor, och en kavaj som gav henne ett professionellt utseende utan att kännas för formell. Hon ville göra ett gott intryck, men samtidigt vara beredd på allt som den första dagen kunde innebära.

Efter en snabb dusch och frukost grep Nathalie sin väska, som hon packat med anteckningsblock, penna, och sin kamera. Hon kastade en sista blick i spegeln, tog ett djupt andetag, och gick ut genom dörren.

Falköping vaknade sakta till liv runt omkring henne medan hon promenerade mot tidningens kontor. Butiksägare öppnade sina dörrar, pendlare skyndade mot tågstationen, och doften av nybakat bröd från det lokala bageriet fyllde luften. Nathalie insöp allt, plötsligt medveten om att varje detalj, varje ansikte, varje doft kunde vara början på en historia värd att berätta.

När hon nådde Falköpings Tidnings kontor, var klockan strax före åtta. Hon tog ett djupt andetag och öppnade dörren. Innanför var atmosfären helt annorlunda från den lugna intervjudagen. Redaktionen surrade av aktivitet. Telefoner ringde, tangentbord klapprade, och röster överröstade varandra i ivriga diskussioner.

"Nathalie!" Erik Johanssons röst bröt igenom bruset. Han vinkade henne över till sitt kontor. "Välkommen på din första dag. Är du redo att dyka in i arbetet?"

Nathalie nickade ivrigt. "Absolut! Jag kan knappt vänta."

Erik log. "Bra attityd. Kom, låt mig presentera dig för dina nya kollegor."

Han ledde henne genom redaktionen, pekade ut olika avdelningar och presenterade henne för en rad människor vars namn hon omedelbart glömde i all upphetsning. En person stack dock ut - Sofia Lindberg, en erfaren reporter i 4o-årsåldern med skarpa ögon och ett varmt leende.

"Sofia kommer att vara din mentor under din praktik," förklarade Erik. "Hon kommer att guida dig genom dina första uppdrag och hjälpa dig att komma in i rutinerna här på tidningen."

Sofia sträckte fram handen. "Välkommen, Nathalie. Det ska bli kul att jobba med dig. Är du redo för ditt första uppdrag?"

Nathalie kände hur hennes hjärta hoppade till. "Ja, absolut!"

Sofia log. "Bra. Vi har fått tips om att det planeras en stor ombyggnad av torget. Kommunen har kallat till presskonferens klockan tio. Vi åker dit tillsammans, och jag vill att du tar anteckningar och foton. Efter presskonferensen ska vi prata med några lokala butiksägare för att få deras reaktioner. Tror du att du klarar det?"

Nathalie nickade ivrigt. "Ja, det låter perfekt!"

De nästa timmarna flög förbi i ett virrvarr av aktivitet. Nathalie följde med Sofia till presskonferensen, där hon lyssnade intensivt och tog noggranna anteckningar medan kommunalrådet presenterade planerna för torgets ombyggnad. Efter presskonferensen intervjuade de flera butiksägare, och Nathalie fick chansen att ställa några egna frågor under Sofias vägledning.

När de återvände till redaktionen, kände Nathalie sig yr av all information och alla intryck. Sofia ledde henne till ett skrivbord.

"Okej, nu kommer den verkliga utmaningen," sa hon. "Du har en timme på dig att skriva ett utkast till artikeln. Fokusera på de viktigaste punkterna från presskonferensen och inkludera citat från butiksägarna. Jag vill se hur du hanterar tidspressen."

Nathalie svalde hårt men nickade. Hon satte sig ner vid datorn och började skriva. Orden flödade ur henne medan hon försökte fånga essensen av dagens händelser. Hon kämpade för att hitta rätt balans mellan faktapresentation och de mänskliga reaktionerna från butiksägarna.

Efter en timme kom Sofia tillbaka. "Tid! Låt mig se vad du har."

Nathalie bet sig nervöst i läppen medan Sofia läste igenom hennes utkast. Efter vad som kändes som en evighet, tittade Sofia upp och log.

"Det här är inte illa alls för en första artikel," sa hon. "Du har fångat de viktigaste punkterna och din struktur är bra. Vi behöver jobba lite på din inledning för att göra den mer fängslande, och du behöver vara mer koncis i vissa stycken. Men överlag, bra jobbat!"

Nathalie kände en våg av lättnad och stolthet skölja över sig. "Tack! Jag är glad att du tycker det."

Sofia nickade. "Nu ska vi finslipa artikeln tillsammans. Och sen ska vi välja ut de bästa bilderna du tog för att komplettera texten."

De nästa timmarna arbetade Nathalie och Sofia tätt tillsammans för att förbättra artikeln. Sofia visade Nathalie hur man strukturerar en nyhetartikel för maximal effekt, hur man väljer de mest slagkraftiga citaten, och hur man skriver rubriker som fångar läsarens uppmärksamhet.

"Kom ihåg," sa Sofia, "att din första mening är avgörande. Den måste fånga läsarens intresse omedelbart."

Nathalie nickade och omformulerade sin inledning för fjärde gången. Det var utmanande, men hon älskade varje sekund av det.

Efter att de hade finslipat texten var det dags att välja bilder. Nathalie scrollade genom fotona hon tagit under dagen, nervös över vad Sofia skulle tycka om dem.

"De här är riktigt bra, Nathalie," sa Sofia överraskad. "Du har ett bra öga för komposition. Den här bilden av kommunalrådet framför ritningen av det nya torget är perfekt för huvudbilden."

Nathalie kände hur hennes kinder hettade av stolthet. "Tack! Jag älskar verkligen att fotografera."

"Det syns," sa Sofia med ett leende. "Det här kommer att bli en styrka för dig som reporter."

När klockan närmade sig fem, kände Nathalie sig utmattad men upprymd. Artikeln var klar, bilderna var valda, och allt var redo för morgondagens tidning.

Just då kom Erik förbi hennes skrivbord. "Hur har första dagen varit, Nathalie?"

Hon log trött men nöjt. "Intensiv, utmanande, och helt fantastisk."

Erik skrattade. "Så ska det låta. Gå hem och vila nu. I morgon väntar nya äventyr."

När Nathalie lämnade kontoret den kvällen, kände hon en djup tillfredsställelse. Hon hade överlevt sin första dag, och mer än så - hon hade trivts. För första gången på länge kände hon att hon var precis där hon skulle vara.

På vägen hem stannade hon till vid kiosken och köpte ett exemplar av dagens tidning. Hon bläddrade igenom den, föreställde sig hur hennes egen artikel skulle se ut på sidorna imorgon. Det kändes overkligt, spännande, och lite skrämmande på samma gång.

Hemma i sin lägenhet sjönk Nathalie ner i soffan med en kopp te. Hon var utmattad, men på ett bra sätt. Hennes hjärna surrade fortfarande av dagens händelser, av all ny information hon hade tagit in.

Hon tog fram sin telefon och ringde sin mamma.

"Hej gumman!" svarade hennes mamma. "Hur gick första dagen?"

Nathalie log. "Det var... fantastiskt, mamma. Jag tror verkligen att jag har hittat rätt."

När hon lade på luren en stund senare, kände Nathalie en våg av tacksamhet skölja över sig. För bara några dagar sedan hade hon känt sig fast, hopplös. Nu hade hon tagit det första steget mot den karriär hon alltid drömt om.

Med ett leende på läpparna gick hon och lade sig, ivrig att se vad morgondagen skulle föra med sig. För första gången på länge somnade Nathalie Bergström med en känsla av hopp och förväntan inför framtiden.

Kapitel 4:
Kamerans Återkomst

Nathalie vaknade tidigt nästa morgon, ivrig att komma till redaktionen. Hon hade knappt hunnit sätta sig vid sitt skrivbord när Sofia kom fram till henne med ett leende.

"God morgon, Nathalie! Redo för en ny dag?"

Nathalie nickade entusiastiskt. "Absolut! Vad har vi på agendan idag?"

Sofia log. "Idag ska vi fokusera på din fotografering. Erik nämnde att du har erfarenhet av fotografi, och efter att ha sett dina bilder igår tror jag att vi verkligen kan utveckla den talangen."

Nathalies hjärta hoppade till. Fotografering hade alltid varit hennes passion, men hon hade aldrig vågat drömma om att det kunde bli en del av hennes jobb.

"Låter perfekt!" sa hon. "Vad ska vi göra?"

"Vi börjar med en genomgång av tidningens fotoutrustning," förklarade Sofia. "Sen ska vi ut på stan och öva på olika typer av fotografering - porträtt, gatufoto, nyhetsbilder. Är du med på det?"

Nathalie nickade ivrigt. "Absolut!"

De började dagen i tidningens lilla fotolab. Sofia visade Nathalie runt bland kameror, objektiv och belysningsutrustning. Nathalie lyssnade uppmärksamt och ställde frågor, ivrig att lära sig allt hon kunde.

"Det här är vår huvudkamera," sa Sofia och lyfte upp en professionell DSLR. "Den använder vi för de flesta uppdrag. Men ibland behöver vi vara mer diskreta, och då använder vi den här mindre systemkameran."

Nathalie tog försiktigt emot kameran och vägde den i handen. Den kändes tung och kraftfull, så annorlunda från hennes egen enkla kamera.

"Nu ska vi ut och testa den här skönheten," sa Sofia med ett leende. "Är du redo?"

De spenderade förmiddagen ute på Falköpings gator. Sofia gav Nathalie olika utmaningar - att fånga stadens puls i en gatubild, att ta ett porträtt av en främling, att hitta en intressant detalj som berättade en historia.

Nathalie kände hur hennes gamla passion för fotografering vaknade till liv igen. Hon såg världen genom kameralinsen på ett nytt sätt, letade efter vinklar och kompositioner som kunde berätta en historia.

"Du har verkligen öga för det här," sa Sofia imponerat när de gick igenom bilderna över lunch. "Den här bilden av den gamla damen på bänken - den fångar verkligen något speciellt."

Nathalie rodnade av komplimangen. "Tack. Jag såg henne sitta där och mata duvorna, och det var något i hennes blick som fångade mig."

Sofia nickade. "Det är precis det som gör en bra fotojournalist - förmågan att se och fånga de där ögonblicken som berättar en historia."

Efter lunch fick Nathalie sitt första riktiga fotouppdrag. En lokal konstnär skulle öppna en utställning på stadens galleri, och Nathalie skulle ta bilder för en artikel.

"Kom ihåg," sa Sofia innan de gick in i galleriet, "att dina bilder ska komplettera texten. Tänk på vad du vill att läsarna ska känna och förstå när de ser dina bilder."

Nathalie svalde nervöst och nickade. Detta var hennes chans att visa vad hon kunde.

Inne i galleriet presenterade Sofia henne för konstnären, en äldre man vid namn Göran Svensson. Nathalie skakade hand med honom och förklarade att hon skulle ta bilder för artikeln.

"Åh, så trevligt med unga förmågor," sa Göran med ett vänligt leende. "Känn dig som hemma, min kära. Ta de bilder du behöver."

Nathalie började gå runt i galleriet, kameran redo. Hon tog bilder av konstverken, försökte fånga deras essens och känsla. Men det var när hon vände kameran mot Göran som hon verkligen kände magin.

Han stod framför en av sina målningar, en stor abstrakt duk i djupa blåa och gröna toner. Hans ansikte var upplyst av passion när han förklarade sitt verk för Sofia. Nathalie lyfte kameran och tryckte av.

När hon tittade på skärmen visste hon att hon hade fångat något speciellt. Bilden visade inte bara en konstnär framför sitt verk, den fångade passionen, kreativiteten, själva essensen av vad konst handlade om.

Sofia kom över för att titta. "Wow, Nathalie. Det här är... fantastiskt. Du har verkligen fångat ögonblicket."

Nathalie kände en våg av stolthet skölja över sig. Detta var vad hon alltid drömt om att göra - att berätta historier genom bilder.

Tillbaka på redaktionen spenderade Nathalie resten av eftermiddagen med att gå igenom och redigera sina bilder. Sofia satt bredvid henne och gav råd och tips.

"Tänk på att mindre ofta är mer när det gäller redigering," sa Sofia. "Vi vill förbättra bilden, inte förändra verkligheten."

Nathalie nickade och justerade försiktigt kontrasten på en av bilderna. Det var en delikat balans, att förbättra bilden utan att förlora dess autenticitet.

När klockan närmade sig fem kom Erik förbi deras skrivbord. "Hur har dagen varit, tjejer?"

Sofia log. "Fantastisk. Nathalie här har verkligen talang för fotografi. Kolla in den här bilden hon tog av Göran Svensson."

Erik lutade sig fram för att titta på skärmen. Hans ögonbryn höjdes imponerat. "Det här är riktigt bra, Nathalie. Du har fångat något speciellt här."

Nathalie kände hur hennes kinder hettade av stolthet. "Tack, Erik. Jag älskar verkligen att fotografera."

Erik nickade eftertänksamt. "Det syns. Vet du vad, jag tror vi ska låta dig fokusera mer på fotografi framöver. Vi behöver verkligen en duktig fotograf här på tidningen."

Nathalie kände hur hennes hjärta hoppade till. "Menar du det? Det skulle vara fantastiskt!"

Erik log. "Absolut. Du kommer fortfarande att skriva artiklar också, men jag tror att din styrka ligger i bilderna. Sofia, kan du se till att Nathalie får fler fotouppdrag framöver?"

Sofia nickade. "Med glädje. Jag tror vi har hittat vår nya stjärnfotograf."

När Nathalie lämnade kontoret den kvällen svävade hon på moln. Inte nog med att hon hade fått chansen att jobba som journalist, nu skulle hon också få fokusera på sin passion för fotografi.

Hemma i sin lägenhet satte hon sig vid sitt skrivbord och tog fram sin gamla kamera. Hon vägde den i handen, tänkte på hur långt hon hade kommit på bara några dagar.

Med ett leende började hon rensa minneskortet, förbereda sig för morgondagens nya äventyr. För första gången på länge kände Nathalie att hon var på rätt väg, att hon äntligen hade hittat sin plats i världen.

Hon somnade den natten med ett leende på läpparna, ivrig att se vad morgondagen skulle föra med sig. Kameran låg redo på nattduksbordet, en symbol för hennes nyfunna hopp och passion.

Dagarna som följde var en virvelvind av nya erfarenheter och utmaningar. Nathalie kastades in i en värld av deadlines, redaktionsmöten och oväntade nyheter. Varje dag lärde hon sig något nytt - hur man hanterar en pressad intervjusituation, hur man skriver en fängslande rubrik, hur man fångar det perfekta ögonblicket i en bild.

Sofia fortsatte att vara en ovärderlig mentor, alltid redo med råd och uppmuntran. Men Nathalie märkte också att hon började lita mer och mer på sin egen instinkt, både när det gällde skrivande och fotografering.

En vecka in i sin praktik fick Nathalie sitt första stora test. En stor brand hade brutit ut i en lagerlokal i utkanten av staden, och Erik skickade henne för att täcka händelsen.

"Ta med dig den stora kameran," sa han. "Och var försiktig där ute."

Med hjärtat bultande i bröstet rusade Nathalie till platsen. Röken syntes på långt håll, och ljudet av sirener fyllde luften. När hon kom fram möttes hon av en scen av kaos - brandmän som kämpade mot lågorna, oroliga anställda som samlats utanför, poliser som försökte hålla ordning.

För ett ögonblick kände Nathalie sig överväldigad. Men så lyfte hon kameran till ögat, och plötsligt föll allt på plats. Hon började ta bilder - av brandmännen i aktion, av de dramatiska lågorna mot den mörka himlen, av de oroliga ansiktena hos åskådarna.

Mellan bilderna intervjuade hon vittnen och samlade information. Hon kände adrenalinet pumpa genom kroppen, en blandning av spänning och fokus som hon aldrig upplevt förut.

När hon återvände till redaktionen några timmar senare var hon utmattad men upprymd. Erik och Sofia väntade spänt på hennes material.

"Det här är fantastiskt, Nathalie," sa Erik när han scrollade genom hennes bilder. "Du har verkligen fångat dramatiken i situationen. Och dina anteckningar är detaljerade och välskrivna. Bra jobbat!"

Nathalie kände en våg av stolthet skölja över sig. Hon hade klarat det. Hon hade täckt en stor nyhetshändelse på egen hand, och hon hade gjort det bra.

Den kvällen, när hon äntligen kom hem, sjönk Nathalie ner i soffan med en djup suck. Hon var utmattad, men på ett bra sätt. För första gången kände hon sig som en riktig journalist, en riktig fotograf.

Hon tog fram sin telefon och scrollade genom bilderna hon tagit under dagen. Trots tröttheten kände hon en gnista av excitement. Detta var vad hon var menad att göra. Detta var hennes kall.

Med ett leende på läpparna somnade Nathalie den kvällen, kameran tryggt placerad bredvid sängen, redo för nästa dags äventyr.

Nathalie vaknade tidigt nästa morgon, fortfarande på ett litet moln efter gårdagens framgång med brandreportaget. Hon kände sig ivrig att komma till redaktionen och se sin artikel och bilder i tryck. Med en kopp kaffe i handen och kameran tryggt i väskan gav hon sig av mot Falköpings Tidning.

När hon klev in på redaktionen möttes hon av en uppsluppen stämning. Flera kollegor kom fram och gratulerade henne till gårdagens insats.

"Snyggt jobbat med branden, Nathalie!" ropade en av redigerarna.

"Dina bilder var fantastiska," sa en annan.

Nathalie kände hur kinderna hettade av all uppmärksamhet. Hon var inte van vid att stå i centrum på det här sättet.

Sofia kom fram till henne med ett stort leende. "God morgon, stjärnan! Redo för en ny dag?"

Nathalie nickade ivrigt. "Absolut! Vad har vi på agendan idag?"

"Idag ska du följa med mig på ett lite annorlunda uppdrag," sa Sofia. "Vi ska intervjua Göran Pettersson, kommunalrådet, om den nya skolreformen som ska implementeras. Det här är en viktig artikel, så jag vill att du observerar noga hur jag hanterar intervjun."

Nathalie kände en blandning av spänning och nervositet. Detta var en helt annan typ av utmaning jämfört med gårdagens dramatiska brandhändelse.

De tog Sofias bil till kommunhuset. Under färden gick Sofia igenom strategin för intervjun.

"Kom ihåg, Nathalie, att politiker ofta är skickliga på att undvika svåra frågor. Vår uppgift är att få fram sanningen, inte bara att återge vad de säger. Observera hur jag formulerar mina frågor och hur jag följer upp svaren."

Nathalie nickade och antecknade ivrigt i sitt block. Hon var imponerad av Sofias professionalism och ville lära sig allt hon kunde.

Väl framme vid kommunhuset möttes de av Göran Pettersson, en välklädd man i 50-årsåldern med ett inövat leende. Han hälsade artigt på dem båda och ledde dem till sitt kontor.

Sofia började intervjun med några enkla uppvärmningsfrågor om skolreformen, men Nathalie märkte snart hur hon skickligt styrde samtalet mot mer kontroversiella ämnen.

"Herr Pettersson, många lärare har uttryckt oro över att reformen kommer att leda till ökad arbetsbörda utan motsvarande resursökning. Hur svarar ni på den kritiken?"

Göran Pettersson log och började ge ett långt, svävande svar om effektivisering och modernisering. Nathalie såg hur Sofia lyssnade uppmärksamt, väntade tills han pratat klart, och sedan följde upp med en skarp fråga:

"Men ni har inte svarat på frågan om resurserna. Kommer det att tillföras nya medel för att genomföra reformen?"

Nathalie var imponerad av hur Sofia envist höll fast vid sin fråga, hur hon inte lät sig nöjas med undvikande svar. Hon tog mentala anteckningar, fast besluten att lära sig dessa tekniker.

Efter intervjun, när de var på väg tillbaka till redaktionen, vände sig Sofia till Nathalie. "Vad tyckte du? Vad lade du märke till under intervjun?"

Nathalie tänkte efter. "Jag var imponerad av hur du inte lät dig nöjas med ytliga svar. Du fortsatte att gräva djupare, att ställa följdfrågor tills du fick konkreta svar."

Sofia log. "Precis. Det är nyckeln till en bra intervju. Vi är inte där för att vara deras vänner eller ge dem en plattform. Vi är där för att få fram sanningen, att ställa de svåra frågorna som våra läsare vill ha svar på."

Tillbaka på redaktionen satte de sig ner för att gå igenom materialet. Sofia lät Nathalie lyssna på inspelningen av intervjun och peka ut de viktigaste punkterna.

"Nu vill jag att du skriver ett utkast till artikeln," sa Sofia. "Fokusera på de mest intressanta och kontroversiella delarna av intervjun. Tänk på att vara objektiv, men var inte rädd för att lyfta fram motsägelser eller oklarheter i Petterssons svar."

Nathalie nickade och satte igång att skriva. Hon kände sig lite nervös - detta var en mycket viktigare och mer komplicerad artikel än något hon skrivit tidigare. Men hon var också ivrig att visa vad hon kunde.

Efter ett par timmar var hon klar med sitt utkast. Med darrande händer räckte hon över det till Sofia.

Sofia läste igenom texten noggrant, nickade här och där, gjorde några anteckningar. När hon var klar tittade hon upp på Nathalie med ett leende.

"Det här är riktigt bra, Nathalie. Du har fångat essensen av intervjun väl och lyft fram de viktigaste punkterna. Din struktur är klar och tydlig, och du har varit bra på att balansera mellan citat och analys."

Nathalie kände en våg av lättnad och stolthet skölja över sig. "Tack, Sofia. Jag är glad att du tycker det."

"Det finns några saker vi kan förbättra," fortsatte Sofia. "Du skulle kunna vara lite vassare i din analys av vissa av Petterssons svar, och inledningen skulle kunna vara mer fängslande. Men överlag är det här ett mycket bra första utkast."

De spenderade nästa timme med att finjustera artikeln tillsammans. Sofia visade Nathalie hur man kunde skärpa formuleringarna, hur man kunde lägga till kontext och bakgrundsinformation för att ge läsarna en djupare förståelse av ämnet.

När de var klara kände Nathalie att hon hade lärt sig mer om journalistiskt skrivande under denna enda dag än under hela sin utbildning.

"Bra jobbat idag, Nathalie," sa Sofia när de packade ihop för dagen. "Du har verkligen potential att bli en utmärkt journalist."

Nathalie log trött men nöjt. "Tack, Sofia. För allt. Jag lär mig så mycket av dig."

På väg hem den kvällen kände Nathalie en djup tillfredsställelse. Hon hade fått vara med om en viktig intervju, skrivit en seriös politisk artikel, och fått beröm från sin mentor. Det kändes som om hon växte, både som journalist och som person.

Hemma i sin lägenhet sjönk hon ner i soffan med en kopp te. Hon tog fram sitt anteckningsblock och började skriva ner allt hon lärt sig under dagen. Intervjutekniker, hur man hanterar undvikande svar, hur man strukturerar en komplex artikel...

Plötsligt slog det henne hur mycket hon hade utvecklats på bara några veckor. Från att ha varit en osäker praktikant hade hon nu skrivit om en stor brand och intervjuat stadens kommunalråd.

Med ett leende på läpparna somnade Nathalie den kvällen, fylld av tacksamhet för möjligheten hon fått och ivrig att se vad morgondagen skulle föra med sig. Hon visste att vägen framåt skulle vara utmanande, men för första gången kände hon sig redo att möta dessa utmaningar. I skuggan av sin mentor hade hon börjat hitta sin egen röst som journalist.

Nathalie vaknade med en känsla av förväntan och nervositet som vibrerade genom hela hennes kropp. Det var fredag, och hon hade en stark känsla av att något speciellt väntade henne på redaktionen. Hon klädde sig noggrant, valde en skjorta som fick henne att känna sig professionell och självsäker, och packade sin väska med extra omsorg. Kameran, som nu kändes som en förlängning av hennes arm, placerades försiktigt överst.

När hon klev in på redaktionen möttes hon av den vanliga morgonaktiviteten. Telefoner ringde, tangentbord klapprade, och luften surrade av diskussioner om dagens nyheter. Men något kändes annorlunda. Erik, chefredaktören, stod vid Sofias skrivbord och de båda tittade i hennes riktning med ett leende.

"God morgon, Nathalie," sa Erik när hon närmade sig. "Har du en minut?"

Nathalie nickade, hennes hjärta började slå snabbare. "Självklart."

Erik ledde henne till sitt kontor, med Sofia tätt i hälarna. När de alla satt ner, lutade sig Erik fram med ett allvarligt uttryck.

"Nathalie, vi har varit mycket imponerade av ditt arbete hittills. Din hantering av brandreportaget och ditt bidrag till intervjun med kommunalrådet har visat att du har potential att bli en utmärkt journalist."

Nathalie kände hur hennes kinder hettade av stolthet. "Tack, det betyder mycket att höra."

Erik nickade. "Och det är därför vi har beslutat att ge dig ditt första solouppdrag."

Nathalie kände hur hennes hjärta hoppade över ett slag. Ett solouppdrag? Redan? Hon var både exalterad och skräckslagen på samma gång.

Sofia log uppmuntrande. "Vi tror att du är redo för det här, Nathalie. Det är dags för dig att visa vad du går för på egen hand."

Erik fortsatte. "Vi har fått tips om att det pågår en het debatt i staden om det nya kulturhuset som planeras. Vissa ser det som en fantastisk möjlighet för Falköping, medan andra är oroliga för kostnaderna och påverkan på stadskärnan. Vi vill att du gör en djupdykning i detta ämne."

Nathalie nickade ivrigt, hennes hjärna redan i full gång med att planera hur hon skulle angripa uppdraget.

"Vi vill ha en balanserad artikel som presenterar båda sidor av debatten," fortsatte Erik. "Intervjua förespråkare och motståndare, gräv i budgeten, undersök hur liknande projekt har påverkat andra städer. Och glöm inte bilderna - vi vill ha starka visuella element som kompletterar din text."

"Hur lång tid har jag på mig?" frågade Nathalie, redan mentalt listande potentiella intervjuobjekt.

"Vi vill ha artikeln klar för måndagens tidning," svarade Erik. "Så du har hela dagen idag och imorgon på dig. Sofia kommer att finnas tillgänglig om du behöver råd, men detta är ditt projekt."

Nathalie svalde hårt men nickade bestämt. "Jag ska göra mitt bästa."

När hon lämnade Eriks kontor var hennes huvud fullt av tankar och idéer. Detta var hennes chans att verkligen visa vad hon gick för.

Hon satte sig vid sitt skrivbord och började omedelbart att skissa upp en plan.

Först och främst behövde hon identifiera nyckelpersoner i debatten. Hon spenderade den nästa timmen med att gräva i tidigare artiklar och sociala medier för att hitta de mest framträdande rösterna på båda sidor.

Efter lunch gav hon sig ut i staden. Hennes första stopp var stadshuset, där hon lyckades få en kort intervju med en representant från kulturförvaltningen som var entusiastisk över projektet.

"Detta kulturhus kommer att sätta Falköping på kartan," sa representanten med glöd i rösten. "Det kommer att locka besökare från hela regionen och ge våra lokala konstnärer en plattform att visa upp sitt arbete."

Nathalie antecknade flitigt och ställde följdfrågor om budget och tidsplan. Hon var noga med att få konkreta siffror och fakta, inte bara entusiastiska uttalanden.

Nästa stopp var en lokal butiksägare som var kritisk till projektet.

"De säger att det kommer att locka fler besökare till centrum, men jag är orolig att det bara kommer att ta kunder från oss befintliga verksamheter," sa butiksägaren med rynkad panna. "Och vem ska betala för det här? I slutändan är det vi skattebetalare som får stå för notan."

Nathalie lyssnade uppmärksamt och ställde frågor om hur butiksägaren trodde att projektet skulle påverka hans verksamhet specifikt. Hon var noga med att få både känslomässiga reaktioner och konkreta farhågor.

Mellan intervjuerna tog Nathalie bilder. Hon fångade den tomma tomten där kulturhuset skulle byggas, fotograferade stadshuset där besluten fattades, och tog porträtt av de personer hon intervjuade. Hon var noga med att få en blandning av översiktsbilder och detaljbilder som kunde illustrera olika aspekter av historien.

När eftermiddagen övergick i kväll kände Nathalie sig både utmattad och upprymd. Hon hade samlat in en mängd material, men visste också att hon hade mycket arbete framför sig.

Tillbaka på redaktionen började hon sortera genom sina anteckningar och bilder. Hon skapade en struktur för artikeln, identifierade de viktigaste punkterna och började skriva ett utkast.

Klockan var nästan nio på kvällen när Sofia stack in huvudet.

"Hur går det, Nathalie?"

Nathalie tittade upp, överraskad över att tiden gått så fort. "Det går... bra, tror jag. Jag har massor av material, men det känns fortfarande som om jag har så mycket kvar att göra."

Sofia log förstående. "Det är normalt att känna så. Kom ihåg att du har hela morgondagen på dig också. Gå hem och vila nu, så kan du angripa det med friska ögon imorgon."

Nathalie nickade tacksamt. Hon hade inte insett hur trött hon var förrän Sofia nämnde det.

Hemma i sin lägenhet sjönk Nathalie ner i soffan med en djup suck. Hon var utmattad men samtidigt fylld av en spännande energi. Detta var vad hon alltid drömt om att göra - gräva djupt i en komplex fråga, höra olika perspektiv, och försöka presentera en balanserad bild för läsarna.

Nästa morgon var Nathalie tillbaka på redaktionen tidigt. Hon hade en lång lista med saker att göra - fler intervjuer att genomföra, fakta att dubbelkolla, och hela artikeln att skriva.

Hon började dagen med att ringa till en ekonom vid det lokala universitetet för att få en expert att kommentera de ekonomiska aspekterna av projektet.

"Baserat på liknande projekt i andra städer kan vi förvänta oss både positiva och negativa ekonomiska effekter," förklarade ekonomen. "Å ena sidan kan det locka turister och skapa jobb, men å andra sidan finns det en risk för överskridna budgetar och ökade driftskostnader för staden."

Nathalie antecknade noggrant och bad om specifika exempel och siffror. Hon ville ge läsarna en solid grund för att förstå de ekonomiska konsekvenserna.

Efter lunch gav hon sig ut igen, denna gång för att prata med vanliga Falköpingsbor om deras tankar kring projektet. Hon intervjuade människor på gatan, i caféer, och i parker. Hon var noga med att få en blandning av åldrar och bakgrunder för att ge en representativ bild av stadens åsikter.

När hon återvände till redaktionen på eftermiddagen kände Nathalie sig överväldigad av all information hon samlat in. Hon satte sig ner och började skriva, försökte väva samman alla olika perspektiv till en sammanhängande berättelse.

Timme efter timme arbetade hon, omformulerade meningar, flyttade om stycken, valde ut de mest talande citaten. Hon var fast besluten att göra rättvisa åt komplexiteten i frågan.

Klockan närmade sig midnatt när Nathalie äntligen lutade sig tillbaka och läste igenom hela artikeln en sista gång. Den var inte perfekt, det visste hon, men den var ärlig, balanserad och informativ. Hon hade gjort sitt bästa för att presentera alla sidor av debatten och ge läsarna den information de behövde för att bilda sina egna åsikter.

Med darrande händer skickade hon artikeln och bilderna till Erik och Sofia för granskning. Sen packade hon ihop sina saker och gick hem, utmattad men stolt över vad hon åstadkommit.

Söndagsmorgonen vaknade Nathalie tidigt, nervös över vad Erik och Sofia skulle tycka om hennes artikel. Hon tvingade sig själv att äta frukost och försökte distrahera sig med att städa lägenheten.

Strax efter lunch plingade hennes telefon. Det var ett meddelande från Sofia:

"Hej Nathalie. Erik och jag har läst din artikel. Kan du komma in till redaktionen kl 14 för att diskutera den?"

Nathalie kände hur hennes hjärta sjönk. Var artikeln så dålig att de
behövde träffa henne personligen för att diskutera den? Med en klump i
magen svarade hon att hon skulle vara där.

De nästa timmarna kändes som en evighet. Nathalie gick igenom artikeln i
huvudet, övertygad om att hon måste ha missat något viktigt eller gjort
något fruktansvärt misstag.

När hon klev in på redaktionen klockan två såg hon Erik och Sofia sitta vid
konferensbordet. Deras ansiktsuttryck var neutrala, vilket bara ökade
Nathalies nervositet.

"Sätt dig ner, Nathalie," sa Erik och gestikulerade mot en stol.

Nathalie sjönk ner i stolen, beredd på det värsta.

Erik tittade på henne ett ögonblick innan han bröt tystnaden. "Nathalie,
din artikel..."

Hon höll andan.

"...är utmärkt."

Nathalie blinkade förvånat. "Va?"

Sofia log brett. "Du har gjort ett fantastiskt jobb, Nathalie. Artikeln är
välbalanserad, informativ och engagerande. Du har verkligen fångat
komplexiteten i frågan."

Erik nickade instämmande. "Vi är mycket imponerade. Detta är journalistik
av hög kvalitet, särskilt med tanke på att det är ditt första solouppdrag."

Nathalie kände hur en våg av lättnad och stolthet sköljde över henne.

"Tack," sa hon, rösten lite skakig av emotion. "Jag är så glad att ni tycker om den."

"Vi har några mindre ändringar och förslag," fortsatte Erik, "men i stort sett är den redo för publicering. Bra jobbat, Nathalie. Du har verkligen visat vad du går för."

När Nathalie lämnade redaktionen den eftermiddagen kände hon sig som om hon svävade på moln. Hon hade klarat av sitt första stora solouppdrag, och hon hade gjort det bra. För första gången kände hon sig verkligen som en riktig journalist.

Med ett leende på läpparna gick hon hem, ivrig att se sin artikel i tryck nästa morgon och redo att ta sig an nästa utmaning som väntade. Hon visste att vägen framåt skulle vara fylld av både framgångar och motgångar, men nu kände hon sig redo att möta dem alla.

Kapitel 7:
Bildhanteringens Konst

Måndagsmorgonen grydde klar och ljus över Falköping. Nathalie vaknade tidigt, ivrig att se sin artikel om kulturhuset i tryck. Hon skyndade sig till närmaste kiosk och köpte ett exemplar av Falköpings Tidning, hennes hjärta bultade när hon vecklade upp tidningen.

Där, på förstasidan, var hennes artikel. "Kulturhuset: Falköpings framtid eller ekonomisk börda?" löd rubriken, ackompanjerad av en av hennes bilder - en dramatisk solnedgång över den tomma tomten där kulturhuset skulle byggas.

Nathalie kände en våg av stolthet skölja över sig. Detta var hennes verk, resultatet av hennes hårda arbete och dedikation. Hon läste igenom artikeln, glad att se att den var i stort sett oförändrad från det utkast hon lämnat in.

Med ett leende på läpparna och tidningen under armen begav hon sig mot redaktionen. När hon klev in möttes hon av applåder från sina kollegor.

"Bra jobbat, Nathalie!" ropade någon.

"Fantastisk artikel!" sa en annan.

Erik kom fram till henne med ett brett leende. "Grattis, Nathalie. Din artikel har redan genererat en hel del diskussion i staden. Du bör vara stolt över dig själv."

Nathalie rodnade av all uppmärksamhet. "Tack, alla. Jag är bara glad att jag kunde göra rättvisa åt ämnet."

Sofia kom fram och lade en hand på hennes axel. "Du har verkligen visat vad du går för, Nathalie. Men vila inte på dina lagrar - vi har ett nytt uppdrag åt dig."

Nathalie rätade på ryggen, redo för nästa utmaning. "Vad har ni i åtanke?"

Sofia log. "Idag ska vi fokusera på att utveckla dina färdigheter inom bildhantering. Du har visat att du har ett bra öga för fotografering, men en bra bild direkt från kameran är bara halva jobbet. Nu ska vi lära dig hur man förfinar och förbättrar bilder för publicering."

Nathalie nickade ivrigt. Hon hade alltid varit fascinerad av bildbehandling men hade aldrig riktigt haft möjlighet att fördjupa sig i ämnet.

Sofia ledde henne till en dator i hörnet av redaktionen. "Det här är vår bildstation. Vi använder professionell programvara för att redigera och optimera våra bilder för tryck och webb."

Hon satte sig ner och öppnade ett komplext program som Nathalie kände igen som Adobe Photoshop. "Okej, låt oss börja med grunderna. Det första steget är alltid att kalibrera din skärm för att säkerställa att färgerna du ser är korrekta."

Under de nästa timmarna dök Nathalie djupt ner i bildhanteringens värld. Sofia visade henne hur man justerar exponering, kontrast och färgbalans för att få fram det bästa i varje bild. De pratade om vikten av att bevara detaljer i både skuggor och högdagrar, och hur man använder olika verktyg för att förbättra skärpa och klarhet.

"Kom ihåg," sa Sofia, "målet är inte att förändra verkligheten, utan att presentera den på bästa möjliga sätt. Vi vill förbättra bilderna, inte manipulera dem."

Nathalie nickade allvarligt. Hon förstod vikten av etik i journalistisk fotografi och var fast besluten att alltid hålla sig till sanningen i sitt arbete.

Efter lunch flyttade de fokus till mer avancerade tekniker. Sofia visade Nathalie hur man använder lager och masker för att göra selektiva justeringar i en bild.

"Säg att du har en bild där förgrunden är perfekt exponerad, men himlen är överexponerad," förklarade Sofia. "Med dessa tekniker kan du justera himlen separat från resten av bilden för att få fram detaljer i molnen utan att påverka förgrunden."

Nathalie var fascinerad. Hon hade aldrig insett hur mycket arbete som kunde gå in i att förfina en enda bild.

Sofia log när hon såg Nathalies entusiasm. "Nu är det din tur. Jag vill att du tar några av bilderna från ditt kulturhusreportage och använder det vi har lärt oss idag för att förbättra dem."

Nathalie tog ett djupt andetag och satte igång. Hon öppnade en bild av den tomma tomten där kulturhuset skulle byggas. Bilden var bra, men hon kunde se potential för förbättring.

Försiktigt justerade hon exponeringen för att lyfta fram detaljer i skuggorna utan att förlora information i de ljusare partierna. Hon ökade kontrasten lite för att ge bilden mer djup och justerade färgbalansen för att göra gräset lite grönare och himlen lite blåare.

Efter en timme lutade hon sig tillbaka och jämförde den ursprungliga bilden med sin redigerade version. Skillnaden var subtil men tydlig - den redigerade bilden hade mer liv och djup, den fångade stämningen på platsen på ett sätt som den ursprungliga bilden inte riktigt lyckades med.

Sofia kom över för att titta. "Imponerande, Nathalie. Du har verkligen ett öga för det här. Du har förbättrat bilden utan att gå för långt - det är fortfarande en ärlig representation av scenen, men nu fångar den verkligen känslan av potential och förväntan som platsen utstrålar."

Nathalie kände en våg av stolthet skölja över sig. "Tack, Sofia. Det känns som om jag har öppnat dörren till en helt ny värld av möjligheter."

"Det har du verkligen," nickade Sofia. "Men kom ihåg, med stor kraft kommer stort ansvar. Som fotojournalist har du ett ansvar att alltid presentera sanningen, även när du förbättrar dina bilder."

Nathalie nickade allvarligt. "Jag förstår. Jag lovar att alltid vara ärlig i mitt arbete."

Resten av eftermiddagen spenderade Nathalie med att experimentera med olika tekniker på sina bilder. Hon lärde sig hur man retuscherar bort störande element utan att förändra bildens essens, hur man förbättrar porträtt utan att göra personen oigenkännlig, och hur man optimerar bilder för olika publiceringsformat.

När arbetsdagen närmade sig sitt slut kände Nathalie sig både utmattad och exalterad. Hon hade lärt sig så mycket på en enda dag, och ändå kände hon att hon bara hade skrapat på ytan av vad som var möjligt.

Erik kom förbi hennes skrivbord just som hon höll på att packa ihop. "Hur har dagen varit, Nathalie?"

Hon log trött men nöjt. "Fantastisk. Jag hade ingen aning om hur mycket det fanns att lära sig om bildhantering. Det känns som om jag har fått ett helt nytt verktyg i min journalistiska verktygslåda."

Erik nickade gillande. "Det gläder mig att höra. En modern journalist måste vara mångsidig, och dina färdigheter inom både skrivande och fotografi kommer att vara ovärderliga för tidningen."

Nathalie kände en våg av stolthet skölja över sig. "Tack, Erik. Jag är så tacksam för möjligheten att lära mig allt detta."

"Du har förtjänat det," sa Erik. "Ditt hårda arbete och din dedikation har inte gått obemärkt förbi. Faktum är att jag har ett nytt uppdrag åt dig, om du känner dig redo."

Nathalie rätade på ryggen, plötsligt pigg igen trots den långa dagen. "Absolut! Vad har du i åtanke?"

Erik log. "Vi har fått tips om en intressant historia som utspelar sig ute på landsbygden. En gammal kvinna som bor ensam i ett fallfärdigt hus har blivit något av en lokal legend. Ryktet säger att hon har en fascinerande livshistoria och en unik syn på livet. Jag vill att du åker ut dit, intervjuar henne, och tar bilder. Det här skulle kunna bli en fantastisk feature-artikel."

Nathalie kände hur hennes hjärta började slå snabbare av excitement. Detta lät som en perfekt möjlighet att kombinera allt hon hade lärt sig - intervjuteknik, fotografering, och nu bildhantering.

"Det låter fantastiskt," sa hon. "När vill du att jag åker?"

"Ta morgondagen på dig att förbereda dig," sa Erik. "Researcha området, planera dina frågor. Sen kan du åka ut på onsdag. Ta den tid du behöver där ute - vi vill ha en djupgående, välskriven artikel med starka bilder."

Nathalie nickade ivrigt. "Jag ska göra mitt bästa."

När hon lämnade redaktionen den kvällen var Nathalie fylld av en blandning av nervositet och förväntan. Detta var en ny typ av utmaning - en djupgående feature-artikel snarare än en nyhetsstory. Men hon kände sig redo. Med sina nya färdigheter inom bildhantering och sin växande erfarenhet som reporter visste hon att hon hade verktygen för att göra denna historia rättvisa.

Hemma i sin lägenhet satte sig Nathalie vid sitt skrivbord och började planera. Hon gjorde en lista över potentiella frågor, skissade idéer för bilder hon ville ta, och började researcha området där den gamla kvinnan bodde.

Med ett leende på läpparna somnade Nathalie den natten, ivrig att ge sig ut på sitt nästa äventyr. Hon visste att varje ny erfarenhet, varje ny utmaning, formade henne till den journalist hon drömde om att bli. Och med sin nya förståelse för bildhanteringens konst kände hon sig mer redo än någonsin att fånga och förmedla de berättelser som väntade därute.

Kapitel 8:
Ord som Flödar

Onsdagsmorgonen grydde klar och frisk över Falköping. Nathalie vaknade tidigt, ivrig att ge sig ut på sitt nya uppdrag. Hon hade spenderat hela tisdagen med att förbereda sig - researcha området, planera frågor, och packa sin utrustning. Nu var hon redo att möta den mystiska gamla kvinnan som hade blivit något av en lokal legend.

Med kameran säkert packad och anteckningsblocket i fickan gav sig Nathalie av. Hon hade lånat redaktionens bil för dagen, en liten, sliten Volvo som hade sett bättre dagar men som fortfarande var pålitlig. När hon svängde ut på landsvägen kände hon en blandning av nervositet och spänning bubbla i magen.

Efter en timmes körning på slingrande vägar omgivna av böljande fält och täta skogar, kom Nathalie fram till den lilla byn där den gamla kvinnan bodde. Det var knappt mer än en samling hus längs en grusväg, med en liten kyrka som tronade på en kulle i bakgrunden.

Nathalie parkerade bilen och tog ett djupt andetag. Hon plockade upp kameran och tog några bilder av byn - den pittoreska kyrkan, de gamla trähusen, en gammal traktor som stod övergiven i ett fält. Dessa bilder skulle hjälpa till att sätta scenen för hennes artikel.

Efter att ha frågat en lokalbo om vägen, hittade Nathalie till slut det hus hon sökte. Det var ett gammalt, väderbitet trähus med en övervuxen trädgård. Trots sitt förfallna tillstånd hade huset en viss charm, som om det bar på hundratals berättelser.

Med hjärtat bultande i bröstet gick Nathalie upp för den knarrande trappan och knackade på dörren. Efter en lång stund hördes steg inifrån, och dörren öppnades långsamt.

Framför henne stod en liten, krokig kvinna med silvervitt hår och klarblå ögon som lyste av intelligens och nyfikenhet. Detta måste vara Astrid Nilsson, kvinnan hon hade kommit för att intervjua.

"Goddag," sa Nathalie och sträckte fram handen. "Jag heter Nathalie Bergström och jag kommer från Falköpings Tidning. Jag undrar om jag skulle kunna få prata med er en stund?"

Astrid tittade på henne ett ögonblick innan ett leende spred sig över hennes rynkiga ansikte. "Javisst, kom in, kom in. Det är inte ofta jag får besök nuförtiden."

Nathalie följde efter Astrid in i huset. Inredningen var gammalmodig men välskött, med handvirkade dukar på borden och gamla fotografier på väggarna. Astrid ledde henne till köket och satte på en kanna kaffe.

"Så," sa Astrid när de satt sig ner vid köksbordet. "Vad vill en ung reporter som du veta om en gammal gumma som mig?"

Nathalie log. "Jag har hört att ni har en fascinerande livshistoria, Astrid. Jag skulle vilja höra mer om ert liv, era erfarenheter, era tankar om världen."

Astrid skrattade, ett överraskande ungdomligt ljud. "Åh, jag vet inte om det är så fascinerande. Men jag har levt ett långt liv och sett mycket. Vad vill du veta?"

Under de nästa timmarna lyssnade Nathalie fascinerat medan Astrid berättade om sitt liv. Hon hade vuxit upp under krigsåren, upplevt fattigdom och hårt arbete, men också glädje och kärlek. Hon hade varit gift i över 50 år innan hennes man gick bort, och nu levde hon ensam men vägrade att flytta från huset där hon hade tillbringat större delen av sitt liv.

Nathalie ställde frågor, lyssnade uppmärksamt, och tog anteckningar. Hon var imponerad av Astrids skarpa minne och hennes förmåga att berätta historier som fick det förflutna att kännas levande.

Efter lunch frågade Nathalie om hon fick ta några bilder. Astrid gick med på det, och Nathalie tillbringade nästa timme med att fotografera Astrid i olika delar av huset och trädgården. Hon var särskilt nöjd med en bild av Astrid sittande i sin favoritfåtölj, omgiven av gamla böcker och fotografier, med ett varmt leende på läpparna.

När eftermiddagen övergick i kväll kände Nathalie att hon hade fått mer material än hon någonsin hade kunnat hoppas på. Astrid hade delat med sig av en livstids erfarenheter, visdom och historier.

"Tack så mycket för er tid, Astrid," sa Nathalie när hon packade ihop sin utrustning. "Det har varit en ära att få höra er historia."

Astrid log och klappade henne på handen. "Det var mitt nöje, kära du. Det är inte ofta jag får chansen att prata så här. Kom tillbaka och hälsa på när du vill."

Med ett varmt farväl lämnade Nathalie huset, hennes huvud fullt av tankar och idéer. Hon visste att hon hade material till en fantastisk artikel, men hon kände också att hon hade fått något mer värdefullt - en inblick i ett liv väl levt, fyllt av både glädje och sorg, framgångar och motgångar.

På vägen tillbaka till Falköping började Nathalie redan mentalt skissa på sin artikel. Hon ville göra rättvisa åt Astrids liv och erfarenheter, att fånga den värme och visdom som hade strålat från den gamla kvinnan.

Tillbaka på redaktionen spenderade Nathalie resten av kvällen med att gå igenom sina anteckningar och bilder. Hon sorterade informationen, valde ut de mest intressanta historierna och de starkaste citaten.

När hon äntligen kom hem sent på kvällen var hon utmattad men upprymd. Hon visste att hon hade material till något speciellt, något som gick bortom en vanlig nyhetsartikel.

Nästa morgon var Nathalie tillbaka på redaktionen tidigt, ivrig att börja skriva. Hon satte sig vid sin dator och började skriva, orden flödade ur henne som om de hade ett eget liv.

Hon började med en levande beskrivning av Astrids hus och byn där hon bodde, målade upp en bild av en plats där tiden verkade ha stått stilla. Sedan dök hon in i Astrids livshistoria, vävde samman anekdoter och reflektioner till en rik berättelse om ett långt och händelserikt liv.

Nathalie var noga med att låta Astrids egen röst komma fram genom välvalda citat. Hon ville att läsarna skulle känna som om de satt vid köksbordet med Astrid, lyssnande till hennes berättelser över en kopp kaffe.

Timme efter timme skrev Nathalie, helt uppslukad av arbetet. Hon märkte knappt hur dagen gick, hur kollegor kom och gick runt henne. När hon äntligen lutade sig tillbaka och läste igenom vad hon hade skrivit, var klockan långt över normal arbetstid.

Med darrande händer skickade hon artikeln till Sofia för granskning. Hon visste att detta var något annat än vad hon hade skrivit tidigare - längre, mer personligt, mer som en berättelse än en traditionell nyhetsartikel.

Nästa morgon väntade Nathalie nervöst på Sofias feedback. När Sofia äntligen kom till hennes skrivbord, hade hon ett brett leende på läpparna.

"Nathalie, det här är fantastiskt," sa Sofia. "Du har verkligen fångat Astrids anda och gjort hennes historia levande. Det här är mer än bara en artikel - det är ett porträtt av en fascinerande kvinna och en svunnen tid."

Nathalie kände en våg av lättnad och stolthet skölja över sig. "Tack, Sofia. Jag är så glad att du tycker om den."

"Vi behöver göra några mindre justeringar," fortsatte Sofia, "men i stort sett är den här redo för publicering. Jag tror att vi ska ge den en framträdande plats i helgens utgåva."

Resten av dagen arbetade Nathalie och Sofia tillsammans för att finjustera artikeln. De valde ut de bästa bilderna och diskuterade layout och presentation.

När de var klara kände Nathalie en djup tillfredsställelse. Detta var inte bara en artikel - det var ett stycke liv, en berättelse som förtjänade att berättas och bevaras.

Erik kom förbi senare på eftermiddagen för att gratulera henne. "Utmärkt arbete, Nathalie. Det här är precis den typ av djupgående, mänskliga berättelser som vi vill ha i vår tidning. Du har verkligen visat vad du går för."

Nathalie log, trött men nöjd. "Tack, Erik. Det känns som om jag har hittat min röst som skribent med den här artikeln."

När Nathalie lämnade redaktionen den kvällen kände hon sig stolt och uppfylld. Hon hade inte bara skrivit en artikel - hon hade bevarat en del av historien, gett röst åt någon vars berättelse förtjänade att höras.

Hemma i sin lägenhet sjönk hon ner i soffan med en kopp te. Hon tänkte på Astrid, på alla de historier hon hade delat. Nathalie insåg att detta var varför hon ville bli journalist - för att berätta dessa historier, för att ge röst åt dem som sällan hörs, för att visa den mänskliga sidan av världen.

Med ett leende på läpparna somnade Nathalie den natten, fylld av en ny känsla av syfte och riktning. Hon visste att hon hade mycket kvar att lära, många fler historier att berätta. Men nu visste hon också att hon var på rätt väg, att orden skulle fortsätta att flöda, och att hon hade hittat sitt kall som storyteller i den moderna världen.

Kapitel 9:
Kärlekens Första Glimt

Nathalie vaknade på lördagsmorgonen med en känsla av förväntan.
Hennes artikel om Astrid skulle publiceras i dagens tidning, och hon kunde knappt vänta på att se den i tryck. Hon skyndade sig till närmaste kiosk och köpte ett exemplar av Falköpings Tidning.

När hon öppnade tidningen kände hon en våg av stolthet skölja över sig. Där, på mittuppslaget, var hennes artikel. "Ett sekel av minnen: Möt Astrid, 95, vars liv speglar vår historia" löd rubriken, ackompanjerad av det vackra porträttet av Astrid i sin fåtölj. Nathalie läste igenom artikeln, glad att se att den hade behållit sin känsla och ton även i tryck.

Med ett leende på läpparna och tidningen under armen begav hon sig mot redaktionen. Det var lördag, så hon förväntade sig inte att många skulle vara där, men hon ville gärna dela sin glädje med någon.

När hon klev in på redaktionen blev hon överraskad av att se att det faktiskt var ganska livligt där. Erik stod mitt i rummet och verkade hålla något slags möte.

"Ah, Nathalie!" ropade han när han såg henne. "Perfekt timing. Kom hit, vi har en situation."

Nathalie gick fram till gruppen, nyfiken och lite orolig. "Vad händer?"

Erik såg både stressad och upprymd ut. "Vi har just fått tips om att det pågår en stor demonstration utanför stadshuset. Det handlar om kulturhusprojektet som du skrev om tidigare. Uppenbarligen har din artikel satt igång en hel del diskussioner i staden."

Nathalie kände en blandning av stolthet och oro. Hennes arbete hade faktiskt påverkat människor, fått dem att agera. Det var både spännande och lite skrämmande.

"Vi behöver någon där ute nu," fortsatte Erik. "Sofia är sjuk idag, så jag tänkte skicka dig. Känner du dig redo?"

Nathalie svalde hårt men nickade. "Absolut. Jag åker dit direkt."

"Bra," sa Erik. "Ta med dig Maja, vår nya fotopraktikant. Hon behöver lite erfarenhet av att fotografera nyhetsevents."

Nathalie vände sig om och mötte blicken hos en ung kvinna med kort, rött hår och intensiva gröna ögon. Maja log nervöst och sträckte fram handen.

"Hej, jag är Maja. Kul att jobba med dig."

Nathalie kände hur hennes hjärta hoppade till när hon skakade Majas hand. Det var något med hennes leende, hennes ögon... Nathalie skakade snabbt av sig känslan. Detta var inte tid för distraktion.

"Kul att träffas, Maja. Ska vi ge oss iväg?"

De skyndade sig ut ur redaktionen och mot stadshuset. När de närmade sig kunde de höra ljudet av ropande röster och se en stor folksamling framför byggnaden.

"Okej," sa Nathalie, plötsligt medveten om att hon var den erfarna reportern i detta team. "Jag går och pratar med några demonstranter och försöker få en känsla för vad som pågår. Kan du ta några översiktsbilder av folkmassan och kanske några närbilder av intressanta plakat eller ansikten?"

Maja nickade ivrigt. "Låter bra. Jag ska göra mitt bästa."

De delade på sig och Nathalie började röra sig genom folkmassan. Hon pratade med demonstranter, lyssnade på deras oro och argument. Vissa var upprörda över de potentiella kostnaderna för kulturhuset, andra var oroliga för hur det skulle påverka stadens karaktär. Men det fanns också många som var entusiastiska över projektet och såg det som en möjlighet för Falköping att växa och utvecklas.

Efter en timme möttes Nathalie och Maja igen för att jämföra anteckningar.

"Hur gick det?" frågade Nathalie.

Maja log brett och visade några bilder på sin kamera. "Jag tror jag fick några riktigt bra skott. Kolla här."

Nathalie lutade sig närmare för att se på kamerans display, plötsligt mycket medveten om Majas närhet. Bilderna var faktiskt imponerande - kraftfulla, emotionella bilder som verkligen fångade stämningen i demonstrationen.

"Wow, Maja. Dessa är fantastiska," sa Nathalie uppriktigt. "Du har verkligen ett öga för det här."

Maja rodnade lätt av komplimangen. "Tack. Jag älskar verkligen att fånga ögonblick som dessa."

De spenderade nästa timme med att fortsätta samla information och bilder. Nathalie märkte att hon ofta fann sig själv titta på Maja, imponerad av hennes skicklighet och entusiasm.

När de till slut återvände till redaktionen var de båda uppfyllda av adrenalin och excitement.

"Bra jobbat där ute, tjejer," sa Erik när de rapporterade tillbaka. "Nathalie, jag vill ha en artikel klar för morgondagens tidning. Maja, välj ut dina bästa bilder och skicka dem till layoutavdelningen."

Nathalie och Maja satte sig ner vid sina respektive datorer för att arbeta. Men Nathalie fann det svårt att koncentrera sig. Hon kunde inte sluta tänka på Maja, på hennes leende, hennes passion för fotografi...

Efter ett par timmar var artikeln klar och Nathalie gick för att lämna in den till Erik. På vägen tillbaka stoppade hon vid Majas skrivbord.

"Hej," sa hon lite nervöst. "Jag tänkte... kanske vill du gå och ta en kaffe? Du vet, för att fira vårt första gemensamma uppdrag?"

Maja tittade upp och log det där leendet som fick Nathalies hjärta att hoppa över ett slag. "Det låter perfekt. Jag är klar här om fem minuter."

När de lämnade redaktionen tillsammans kände Nathalie en blandning av nervositet och förväntan. Hon visste inte vart detta skulle leda, men hon var säker på en sak - hennes liv på Falköpings Tidning hade just blivit ännu mer intressant.

Kapitel 10:

Den Stora Chansen

Veckorna som följde efter demonstrationen var en virvelvind av aktivitet för Nathalie. Hennes artikel om protesterna hade väckt stor uppmärksamhet, och hon fann sig själv allt oftare ute på fältet för att rapportera om den pågående debatten kring kulturhuset. Men trots all uppståndelse kunde hon inte sluta tänka på Maja.

Deras kaffedate efter demonstrationen hade varit avslappnad och trevlig. De hade pratat i timmar om allt från fotografi och journalistik till sina favoritböcker och drömmar för framtiden. Nathalie hade känt en omedelbar koppling till Maja, en känsla av samhörighet som hon aldrig upplevt förut.

En eftermiddag, när Nathalie satt försjunken i research för sin senaste artikel, kände hon en lätt beröring på sin axel. Hon vände sig om och mötte Majas leende.

"Hej," sa Maja mjukt. "Jag undrar om du vill följa med mig på ett fotouppdrag ikväll? Det är en solnedgång som jag verkligen vill fånga, och... jag skulle gärna ha sällskap."

Nathalie kände hur hennes hjärta började slå snabbare. "Jag skulle älska det," svarade hon utan att tveka.

När arbetsdagen var slut möttes de utanför redaktionen. Maja ledde vägen till en kulle strax utanför staden, perfekt placerad för att fånga solnedgången över Falköping.

De satte sig ner i gräset, Maja med kameran redo. Nathalie kunde inte låta bli att beundra hur vackert ljuset föll över Majas ansikte, hur hennes ögon lyste av passion när hon komponerade sina bilder.

"Du är verkligen i ditt esse när du fotograferar," sa Nathalie mjukt.

Maja vände sig mot henne med ett leende. "Det är så här jag känner mig mest levande. Att fånga ögonblick, att se skönheten i världen... det är magiskt."

Deras blickar möttes och för ett ögonblick kändes det som om tiden stod stilla. Nathalie kände en stark impuls att luta sig framåt, att kyssa Maja...

Men ögonblicket bröts av ljudet av Majas kamera som klickade. Hon hade vänt sig tillbaka mot solnedgången för att fånga de sista strålarna.

När mörkret föll packade de ihop och började gå tillbaka mot staden. Deras händer snuddade vid varandra medan de gick, och till slut tog Nathalie mod till sig och grep tag i Majas hand. Maja tittade överraskat på henne men log sedan och kramade hennes hand tillbaka.

De följande dagarna var fyllda av stjälna blickar över redaktionen, "accidentella" beröringar när de passerade varandra, och långa lunchpauser tillsammans. Nathalie kände sig som en tonåring igen, full av fjärilar och nervös förväntan.

En fredagskväll, efter en särskilt intensiv vecka av rapportering, föreslog Maja att de skulle gå ut och ta en drink tillsammans. De hittade en mysig liten bar i utkanten av staden, där de kunde sitta ostörda i ett hörn.

Efter ett glas vin kände Nathalie sig modigare. "Maja," sa hon, hennes röst lite skakig. "Jag måste erkänna något. Jag... jag tror jag har känslor för dig."

Maja tittade på henne med en intensitet som fick Nathalies hjärta att slå volter. "Jag har känslor för dig också, Nathalie. Ända sedan den där första dagen vid demonstrationen."

Innan Nathalie hann reagera lutade sig Maja framåt och kysste henne. Det var en mjuk, försiktig kyss till en början, men den djupnade snabbt när Nathalie besvarade den med all den passion hon hållit tillbaka i veckor.

När de till slut drog sig tillbaka, båda andfådda och med rosiga kinder, kunde de inte sluta le.

"Vill du följa med hem till mig?" frågade Maja försiktigt.

Nathalie nickade, oförmögen att få fram ord.

De lämnade baren hand i hand och skyndade sig till Majas lägenhet. Så fort dörren stängdes bakom dem var de i varandras armar igen, kyssandes passionerat.

Maja drog Nathalie mot sovrummet, deras händer utforskade ivrigt varandras kroppar längs vägen. Kläder föll till golvet medan de sjönk ner på sängen tillsammans.

Nathalie hade aldrig känt något liknande förut. Majas beröring sände elektriska stötar genom hennes kropp, och varje kyss lämnade henne hungrig efter mer. De utforskade varandra långsamt, ömt, upptäckte varje kurva och kontur.

När Maja kysste sig nedför Nathalies kropp, stannade hon vid hennes bröst, smekande och kyssande tills Nathalie vred sig av njutning. Sedan fortsatte hon nedåt, hennes läppar och tunga utforskade Nathalies mest intima delar tills hon skakade av extas.

Nathalie ville ge tillbaka all den njutning hon fått. Hon vände på Maja och började kyssa och smeka hennes kropp, njöt av varje litet ljud av njutning som undslapp Majas läppar. När hon till slut lät sin tunga glida över Majas mest känsliga punkt, kände hon hur Maja grep tag i hennes hår och stönade högt.

De älskade i timmar, utforskade varandra om och om igen tills de båda var utmattade och tillfredsställda. De somnade i varandras armar, Nathalies huvud vilande på Majas bröst.

Nästa morgon vaknade Nathalie av doften av kaffe. Hon öppnade ögonen och såg Maja stå i dörröppningen, klädd endast i en stor t-shirt, med två rykande koppar i händerna.

"God morgon, vackra," sa Maja med ett leende.

Nathalie sträckte ut armarna mot henne. "Kom tillbaka till sängen," mumlade hon sömnigt.

Maja skrattade men lydde, satte ner kopparna på nattduksbordet och kröp tillbaka under täcket. De kysstes långsamt, njöt av värmen och närheten.

"Vad händer nu?" frågade Nathalie försiktigt när de till slut drog sig tillbaka.

Maja strök en hårlock från Nathalies ansikte. "Nu ser vi vart det här tar oss. Jag vet att jag vill utforska det här med dig, Nathalie. Jag har aldrig känt så här för någon förut."

Nathalie log och kysste henne igen. "Jag känner likadant. Men... vad säger vi på jobbet?"

Maja funderade ett ögonblick. "Kanske är det bäst att hålla det för oss själva ett tag? Tills vi vet vart det här leder?"

Nathalie nickade. "Det låter klokt. Även om det kommer att bli svårt att låta bli att kyssa dig varje gång jag ser dig på redaktionen."

Maja skrattade. "Då får vi se till att träffas ofta utanför jobbet."

De spenderade resten av helgen tillsammans, utforskade varandras kroppar och sinnen. När måndagen kom och de var tillbaka på redaktionen var det nästan outhärdligt att låtsas som om ingenting hade hänt.

Men de fann sätt att vara nära varandra. De tog långa luncher tillsammans, volonterade för samma uppdrag, och spenderade kvällarna i varandras armar.

Veckorna gick och deras relation fördjupades. De delade inte bara passion utan också drömmar, rädslor och hemligheter. Nathalie hade aldrig känt sig så förstådd, så accepterad som hon gjorde med Maja.

En kväll, när de låg tillsammans i Nathalies säng efter en särskilt intensiv kärleksakt, vände sig Maja mot henne med ett allvarligt uttryck.

"Nathalie," sa hon mjukt. "Jag tror... jag tror jag är kär i dig."

Nathalie kände hur hennes hjärta svällde av känslor. "Jag är kär i dig också, Maja," viskade hon tillbaka.

De kysste varandra ömt, och Nathalie kände en våg av lycka skölja över sig. Hon visste att vägen framåt inte skulle vara enkel - de skulle behöva navigera både sin professionella relation och eventuella reaktioner från kollegor och vänner. Men just nu, i detta ögonblick, med Maja i sina armar, kände hon sig oövervinnelig.

När de somnade den natten, tätt omslingrade, visste Nathalie att hennes liv hade förändrats för alltid. Hon hade inte bara hittat sin plats som journalist, utan också funnit kärleken på ett oväntat ställe. Och hon var redo att möta alla utmaningar som väntade, så länge hon hade Maja vid sin sida.

Sommaren övergick i höst, och Nathalie och Majas relation fortsatte att blomstra i hemlighet. De hade blivit experter på att dölja sina känslor på redaktionen, men så fort arbetsdagen var över kunde de knappt hålla händerna ifrån varandra. Deras kvällar och helger fylldes av passion, skratt och djupa samtal som varade långt in på natten.

En kylig oktobermorgon kom Nathalie till redaktionen och fann Erik väntande vid sitt skrivbord med ett allvarligt uttryck.

"Nathalie, kan du komma in på mitt kontor ett ögonblick?" frågade han.

Med en känsla av oro följde Nathalie efter honom. Väl inne i kontoret bad Erik henne sätta sig ner.

"Nathalie," började han, "du har gjort ett fantastiskt jobb här de senaste månaderna. Din artikel om Astrid var en av de mest lästa vi haft på länge, och din kontinuerliga rapportering om kulturhusdebatten har varit enastående."

Nathalie kände en våg av stolthet, men Eriks allvarliga ton gjorde henne nervös. "Tack, Erik. Jag har verkligen älskat att arbeta här."

Erik nickade. "Och det är därför jag tror att du är redo för nästa steg i din karriär."

Nathalie rynkade pannan. "Vad menar du?"

"Vi har fått en förfrågan från vår systertidning i Göteborg. De söker en erfaren reporter för att täcka en stor korruptionsskandal som håller på att blåsa upp. Jag har rekommenderat dig för jobbet."

Nathalie kände hur hennes hjärta sjönk. Göteborg? Det var flera timmars resa från Falköping... från Maja.

"Det här är en enorm möjlighet, Nathalie," fortsatte Erik. "Det skulle vara ett tremånaderskontrakt till att börja med, med möjlighet till förlängning. Det skulle verkligen kunna kickstarta din karriär."

Nathalie svalde hårt. "Jag... jag vet inte vad jag ska säga, Erik. Det låter som en fantastisk möjlighet, men..."

Erik lutade sig framåt. "Du behöver inte bestämma dig nu. Ta några dagar och tänk på det. Men kom ihåg, chanser som denna kommer inte ofta i vår bransch."

Resten av dagen gick i ett töcken för Nathalie. Hon kunde knappt koncentrera sig på sitt arbete, hennes tankar kretsade ständigt kring erbjudandet och vad det skulle innebära för henne och Maja.

När arbetsdagen äntligen var över, drog Nathalie med sig Maja till deras favoritcafé. Med darrande händer berättade hon om erbjudandet.

Maja lyssnade tyst, hennes ansikte en mask av blandade känslor. När Nathalie var klar, tog hon ett djupt andetag.

"Wow, Nathalie. Det här är... det är en otrolig möjlighet för dig."

Nathalie grep tag i Majas händer. "Men vad händer med oss? Jag vill inte lämna dig."

Maja log sorgset. "Jag vill inte att du ska lämna mig heller. Men jag kan inte be dig att ge upp en sådan chans. Du är en fantastisk journalist, Nathalie. Du förtjänar att få visa världen vad du går för."

Tårar började rinna nerför Nathalies kinder. "Men jag älskar dig, Maja. Jag kan inte föreställa mig att vara utan dig i tre månader."

Maja drog Nathalie in i en tight kram. "Jag älskar dig också. Men vi klarar det här. Det är bara tre månader. Vi kan prata varje dag, och jag kan komma och hälsa på dig i Göteborg."

De följande dagarna var en känslomässig berg-och-dalbana för Nathalie. Hon brottades med beslutet, vägde för- och nackdelar, och spenderade sömnlösa nätter grubblande över vad hon skulle göra.

Till slut, efter många tårar och långa samtal med Maja, bestämde sig Nathalie för att ta jobbet. Det var en chans hon inte kunde låta gå förbi, även om det betydde att hon skulle behöva vara borta från Maja.

Dagen innan Nathalie skulle åka till Göteborg, spenderade hon och Maja hela dagen tillsammans. De vandrade genom Falköpings gator, besökte alla sina favoritplatser, och tog massor av bilder för att minnas.

På kvällen lagade de middag tillsammans i Nathalies lägenhet. När de satt vid bordet, händerna sammanflätade, kände Nathalie hur tårarna hotade att komma igen.

"Jag kommer att sakna dig så mycket," viskade hon.

Maja kramade hennes hand. "Jag kommer att sakna dig också. Men kom ihåg, det här är inte slutet. Det är bara början på något nytt."

De spenderade natten tillsammans, älskade långsamt och ömt, som om de försökte memorera varje beröring, varje kyss. När morgonen kom och det var dags för Nathalie att åka, kändes avskedet nästan outhärdligt.

"Jag älskar dig," sa Nathalie, tårarna rinnande fritt nu. "Jag kommer att ringa dig så fort jag kommer fram."

Maja kysste henne en sista gång. "Jag älskar dig också. Gå nu och visa Göteborg vad du går för."

Med ett sista farväl klev Nathalie på tåget, hennes hjärta tungt men fyllt av beslutsamhet. Hon visste att de kommande månaderna skulle bli utmanande, men hon var fast besluten att göra det bästa av situationen.

När tåget rullade ut från stationen, tittade Nathalie ut genom fönstret och såg Maja stå kvar på perrongen, vinkandes farväl. Hon tog ett djupt andetag och vände blicken framåt. En ny fas i hennes liv väntade, och hon var redo att möta den - med Majas kärlek som en konstant påminnelse om vad hon hade att se fram emot när hon återvände hem.

Kapitel 12

Provanställningens Utmaningar

Nathalie klev av tåget i Göteborg med en blandning av nervositet och spänning som bubblade i magen. Den stora staden kändes överväldigande efter månader i det lugna Falköping. Hon tog ett djupt andetag, grep tag i sin resväska och begav sig mot adressen hon fått till sin tillfälliga bostad - en liten etta som tidningen hade ordnat åt henne.

Efter att ha installerat sig i lägenheten, som kändes kall och opersonlig jämfört med hennes hem i Falköping, ringde Nathalie till Maja som hon lovat.

"Hej älskling," svarade Maja efter första signalen. "Hur gick resan?"

Nathalie kände hur en våg av hemlängtan sköljde över henne vid ljudet av Majas röst. "Det gick bra. Lägenheten är... okej. Men jag saknar dig redan."

De pratade i nästan en timme, Maja uppmuntrade och stöttade Nathalie inför hennes första dag på den nya redaktionen. När de till slut la på kände sig Nathalie stärkt och redo att möta utmaningarna som väntade.

Nästa morgon vaknade Nathalie tidigt, nervös inför sin första dag. Hon klädde sig noggrant i sin mest professionella outfit och gav sig iväg mot Göteborgs-Postens imponerande kontorsbyggnad.

Väl framme möttes hon av redaktionschefen, en skarpt klädd kvinna i 50-årsåldern vid namn Ingrid Larsson.

"Välkommen, Nathalie," sa Ingrid med ett fast handslag. "Vi är glada att ha dig här. Erik har talat mycket gott om dig."

Nathalie log nervöst. "Tack. Jag är glad att vara här och ser fram emot att börja arbeta."

Ingrid nickade kort. "Bra. För vi har inte tid att slösa. Korruptionsskandalen vi undersöker är stor och komplicerad. Du kommer att arbeta direkt under mig och vår grävande journalist, Peter Svensson."

Hon ledde Nathalie genom den stora, öppna redaktionen till ett mindre konferensrum där en man i 4o-årsåldern satt omgiven av papper och datorer.

"Peter, det här är Nathalie Bergström från Falköping," presenterade Ingrid. "Nathalie, detta är Peter Svensson, vår främsta grävande journalist."

Peter tittade upp och nickade kort. "Hej. Hoppas du är redo att jobba hårt. Vi har mycket att göra."

Under de följande timmarna översvämmades Nathalie med information. Peter förklarade den komplicerade härvan av korruption som de undersökte, som involverade flera högt uppsatta politiker och affärsmän i Göteborg.

"Vi misstänker att det finns kopplingar till organiserad brottslighet också," förklarade Peter. "Men vi behöver mer bevis. Det är där du kommer in."

Nathalie lyssnade intensivt och antecknade frenetiskt. Detta var långt mer komplicerat än något hon hade arbetat med tidigare, men hon var fast besluten att visa att hon var upp till uppgiften.

De följande dagarna var en virvelvind av aktivitet. Nathalie grävde djupt i offentliga handlingar, intervjuade källor, och försökte sätta ihop pusselbitar i den komplicerade härvan. Kvällarna spenderade hon med att prata med Maja på telefon, som alltid var där för att uppmuntra och stötta henne.

Efter en vecka hade Nathalie börjat få grepp om situationen. Hon hade hittat några intressanta kopplingar som Peter hade missat, och kände sig stolt när hon presenterade sina fynd för teamet.

"Bra jobbat, Nathalie," sa Ingrid med en nick. "Du har verkligen ett öga för detaljer."

Men trots framgångarna kände Nathalie sig ofta överväldigad. Tempot på den stora tidningen var mycket högre än vad hon var van vid från Falköping, och förväntningarna var skyhöga. Många kvällar somnade hon utmattad över sitt skrivbord, bara för att vakna och börja om igen nästa morgon.

En kväll, när Nathalie pratade med Maja på telefon, bröt hon ihop i tårar.

"Jag vet inte om jag klarar det här, Maja," snyftade hon. "Det är så mycket press, så mycket information att hålla reda på. Jag känner mig som en bluff."

Maja lyssnade tålmodigt och gav sedan Nathalie det pep-talk hon behövde. "Du är en fantastisk journalist, Nathalie. Du har klarat av allt som kastats mot dig hittills. Jag vet att du kan klara det här också. Tro på dig själv, precis som jag tror på dig."

Stärkt av Majas ord, återvände Nathalie till arbetet med förnyad beslutsamhet. Hon spenderade långa timmar på kontoret, grävde djupare i sina efterforskningar och började sakta men säkert se mönster framträda i den komplicerade härvan.

En dag, när Nathalie gick igenom några finansiella rapporter, upptäckte hon något som fick hennes puls att öka. Hon dubbelkollade siffrorna, trippelkollade dem, och insåg sedan att hon hade hittat något stort.

Med darrande händer gick hon till Peter och Ingrid. "Jag tror jag har hittat bevis på penningtvätt," sa hon och lade fram sina fynd.

Peter och Ingrid granskade materialet noggrant. Efter vad som kändes som en evighet tittade Peter upp med ett imponerat uttryck. "Det här är bra, Nathalie. Riktigt bra. Det här kan vara genombrottet vi har letat efter."

De följande dagarna var en febril aktivitet av ytterligare efterforskningar och intervjuer för att bekräfta Nathalies fynd. När allt var klart, hade de en solid story som kopplade flera högt uppsatta politiker till ett omfattande penningtvättschema.

Kvällen innan artikeln skulle publiceras, kallade Ingrid in Nathalie på sitt kontor.

"Du har gjort ett enastående jobb, Nathalie," sa hon. "Ditt arbete har varit avgörande för den här storyn. Jag har pratat med ledningen, och vi vill erbjuda dig en fast tjänst här på Göteborgs-Posten när din provanställning är över."

Nathalie kände en våg av stolthet och upprymdhet skölja över sig. Detta var vad hon hade drömt om, en chans att arbeta på en stor tidning, att göra skillnad med sin journalistik. Men samtidigt kände hon en klump i magen vid tanken på att permanent lämna Falköping... och Maja.

"Tack så mycket," sa hon till Ingrid. "Det är ett fantastiskt erbjudande. Kan jag få lite tid att tänka på det?"

Ingrid nickade förstående. "Självklart. Ta den tid du behöver."

Den kvällen ringde Nathalie Maja med blandade känslor. Hon berättade om erbjudandet och om sin osäkerhet.

"Wow, Nathalie, det är fantastiskt!" utbrast Maja. "Jag är så stolt över dig."

"Men vad händer med oss?" frågade Nathalie oroligt. "Jag vill inte förlora dig."

Det blev tyst i andra änden av luren ett ögonblick innan Maja svarade. "Vi hittar en lösning. Kanske kan jag flytta till Göteborg? Eller så kan vi ha en distansrelation ett tag? Det viktigaste är att du följer dina drömmar, Nathalie. Jag älskar dig och vill att du ska lyckas."

Nathalie kände tårar av tacksamhet och kärlek rinna nerför kinderna. "Jag älskar dig också, Maja. Så mycket."

När artikeln publicerades nästa dag blev det en sensation. Nathalie såg sitt namn i byline på förstasidan av Göteborgs-Posten, och hennes telefon exploderade av gratulationer från kollegor och vänner.

Men mitt i all uppståndelse kände Nathalie en djup längtan efter
Falköping, efter den lilla redaktionen där hon hade börjat sin resa, och
framför allt efter Maja. Hon insåg att oavsett vilken väg hon valde framåt,
skulle det innebära svåra beslut och kompromisser.

När hon gick till sängs den kvällen, utmattad men stolt över vad hon hade
åstadkommit, visste Nathalie att hon stod inför ett vägskäl i sitt liv. Hon
hade bevisat för sig själv och andra vad hon var kapabel till som journalist.
Nu var frågan: Var skulle hennes hjärta leda henne härnäst?

Med dessa tankar somnade Nathalie, medveten om att de kommande
dagarna och veckorna skulle forma hennes framtid på sätt hon knappt
kunde föreställa sig. Men oavsett vad som väntade, kände hon sig redo att
möta det - starkare, mer självsäker och med en klarare bild av vem hon var
och vad hon ville uppnå.

Kapitel 13:
Ett Scoop i Horisonten

Nathalie vaknade tidigt en morgon i mitten av november, hennes huvud fortfarande snurrande av framgången med korruptionsartikeln och det stora jobberbjudandet från Göteborgs-Posten. Hon hade spenderat de senaste veckorna i ett tillstånd av inre konflikt, vägande fördelarna med en prestigefylld position i Göteborg mot längtan efter det bekanta livet i Falköping och, framför allt, närheten till Maja.

Med en suck satte hon sig upp i sängen och sträckte sig efter telefonen. Ett meddelande från Maja lyste på skärmen:

"God morgon, älskling! Hoppas du har en bra dag. Saknar dig. "

Nathalie kände en våg av värme och längtan skölja över sig. Hon svarade snabbt med ett kärleksfullt meddelande innan hon motvilligt drog sig ur sängen för att förbereda sig för ännu en dag på redaktionen.

När hon klev in på Göteborgs-Postens kontor märkte hon omedelbart att något var annorlunda. Det var en spänning i luften, en känsla av förväntan som fick håren att resa sig i nacken på henne.

Peter, hennes mentor under tiden i Göteborg, vinkade henne över till sitt skrivbord med ett upphetsat uttryck i ansiktet.

"Nathalie, bra att du är här. Vi har just fått in ett tips som kan vara stort. Riktigt stort."

Nathalie lutade sig närmare, nyfiken. "Vad handlar det om?"

Peter sänkte rösten. "Vi har fått information om att det pågår olaglig avverkning i de skyddade skogarna norr om staden. Det verkar som om några högt uppsatta tjänstemän på Länsstyrelsen är inblandade."

Nathalies ögon vidgades. Detta lät som en potentiellt explosiv story. "Vad vet vi hittills?"

"Inte mycket," erkände Peter. "Men vår källa är pålitlig. Vi behöver någon som kan åka ut och undersöka saken på plats. Jag tänkte på dig."

Nathalie kände en blandning av spänning och nervositet bubbla upp inom sig. Detta var en chans att verkligen bevisa sitt värde, att cementera sin position som en seriös grävande journalist. Men samtidigt insåg hon omfattningen av uppdraget och att hon skulle behöva hjälp.

"Jag gör det," sa hon bestämt. "Men Peter, det här är stort. Jag tror jag kommer att behöva en assistent. Någon jag kan lita på helt och hållet."

Peter rynkade pannan. "Vem hade du i åtanke?"

Nathalie tog ett djupt andetag. "Maja, från Falköpings Tidning. Hon är en fantastisk fotograf och jag vet att jag kan lita på henne till hundra procent."

Peter såg tveksam ut. "Nathalie, det här är en känslig story. Att ta in någon utifrån..."

"Jag vet," avbröt Nathalie. "Men jag garanterar att Maja är pålitlig. Och hennes fotografiska färdigheter skulle vara ovärderliga för att dokumentera bevis."

Efter en lång diskussion med både Peter och Ingrid, där Nathalie envist stod på sig, gick de motvilligt med på att kontakta Falköpings Tidning för att låna ut Maja till projektet.

Med hjärtat bultande ringde Nathalie till Maja för att berätta nyheterna.

"Maja, jag har något stort på gång här," sa hon upphetsat. "Och jag behöver dig vid min sida. Skulle du kunna komma till Göteborg och hjälpa mig med ett stort reportage?"

Maja lät överraskad men glad. "Självklart! Men vad säger min chef?"

"Det är ordnat," sa Nathalie med ett leende. "Du är officiellt utlånad till Göteborgs-Posten för det här projektet."

De följande dagarna var en virvelvind av förberedelser. Maja anlände till Göteborg, och tillsammans gav de sig ut på vad som skulle visa sig bli det största äventyret i deras journalistiska karriärer.

Ute i skogarna norr om Göteborg arbetade Nathalie och Maja som ett väloljat team. Nathalie grävde i dokument och intervjuade källor, medan Maja dokumenterade allt med sin kamera. Tillsammans upptäckte de bevis på omfattande olaglig avverkning och korruption som sträckte sig ända upp till de högsta nivåerna inom Länsstyrelsen.

När de återvände till Göteborg med sitt explosiva material, var redaktionen i uppror. Nathalie och Maja arbetade dygnet runt för att sätta ihop artikeln och bildmaterialet.

Kvällen innan publiceringen kallade Ingrid in dem båda på sitt kontor.

"Ni har gjort ett enastående jobb," sa hon allvarligt. "Det här kommer att skaka om hela regionen. Nathalie, vårt erbjudande om en fast tjänst står kvar. Och Maja, jag måste säga att ditt arbete har varit imponerande. Vi skulle vara intresserade av att diskutera möjligheter för dig här också."

Nathalie och Maja utbytte en blick. I det ögonblicket insåg Nathalie att hon hade allt hon behövde precis här - utmanande journalistik och kvinnan hon älskade vid sin sida.

"Tack, Ingrid," sa Nathalie med ett leende. "Vi skulle gärna diskutera möjligheter för oss båda här."

När de lämnade kontoret den kvällen, hand i hand, visste Nathalie att oavsett vad framtiden höll, skulle hon och Maja möta den tillsammans. De hade bevisat att de var en oslagbar kombination, både professionellt och personligt. Och det var en seger som ingen kunde ta ifrån dem.

Kapitel 14:
Kärlekens och Karriärens Dans

Nathalie vaknade tidigt en morgon i början av februari, hennes tankar redan i full gång med att planera dagens arbete. Hon och Maja hade nu bott tillsammans i Göteborg i några månader, och livet kändes både spännande och utmanande på samma gång.

När hon klev in på Göteborgs-Postens redaktion denna morgon, möttes hon av en ovanlig uppståndelse. Kollegor stod samlade i små grupper, viskande och gestikulerande. Peter vinkade henne till sig med ett allvarligt uttryck i ansiktet.

"Nathalie, bra att du är här. Vi har fått in ett tips om en potentiellt stor story. Det handlar om misstänkt korruption inom Länsstyrelsen i Västra Götaland."

Nathalies hjärta började slå snabbare. Detta lät som något stort, precis den typ av grävande journalistik hon alltid drömt om att göra. "Berätta mer," sa hon ivrigt.

Peter förklarade att en anonym källa hade kontaktat tidningen med information om att högt uppsatta tjänstemän på Länsstyrelsen misstänktes ha tagit emot mutor från skogsbolag i utbyte mot att se mellan fingrarna med olaglig avverkning i skyddsvärda skogar.

"Detta är explosivt material," sa Peter allvarligt. "Om det stämmer kan det skaka om hela regionen. Vi behöver någon som kan dyka djupt i detta, och jag tänkte på dig och Maja."

Nathalie kände en blandning av spänning och nervositet. Detta var en chans att verkligen göra skillnad, att avslöja oegentligheter som kunde ha allvarliga konsekvenser för miljön och demokratin. Samtidigt insåg hon vilka risker det innebar att gräva i något så känsligt.

"Vi tar det," sa hon bestämt. "Var ska vi börja?"

De följande veckorna blev en intensiv period av research och grävande. Nathalie och Maja arbetade långa dagar, gick igenom offentliga handlingar, intervjuade källor och försökte kartlägga de komplexa kopplingarna mellan Länsstyrelsen och skogsbolagen.

En kväll, när de satt hemma i sin lägenhet omgivna av papper och anteckningar, vände sig Maja till Nathalie med ett allvarligt uttryck. "Älskling, jag är lite orolig. Det här är stort, kanske för stort. Tänk om vi sätter oss själva i fara?"

Nathalie tog Majas hand och kramade den ömt. "Jag förstår din oro. Men tänk på vad vi kan åstadkomma. Om vi kan avslöja det här, kan vi kanske rädda värdefulla skogar och stoppa korruptionen. Det är värt risken."

Maja nickade långsamt. "Du har rätt. Vi gör det här tillsammans."

Deras genombrott kom när de lyckades spåra en serie misstänkta transaktioner mellan ett stort skogsbolag och ett konsultföretag med kopplingar till en högt uppsatt tjänsteman på Länsstyrelsen. Samtidigt hade flera områden med skyddsvärda skogar avverkats utan att Länsstyrelsen ingripit, trots upprepade varningar från miljöorganisationer.

När de presenterade sina fynd för Peter och Ingrid på redaktionen, var reaktionen blandad.

"Detta är dynamit," sa Peter imponerat. "Men vi måste vara helt säkra innan vi publicerar. Kan ni få någon att gå på record?"

Det tog ytterligare två veckor av intensivt arbete, men till slut lyckades Nathalie och Maja övertyga en tidigare anställd på Länsstyrelsen att ställa upp på en intervju. Med denna nyckelkälla på plats, gav redaktionsledningen grönt ljus för publicering.

Dagen innan artikeln skulle gå i tryck satt Nathalie och Maja sent kvar på redaktionen, finslipande de sista detaljerna. Plötsligt märkte Nathalie att någon observerade dem från andra sidan gatan. När hon tittade närmare försvann gestalten snabbt in i skuggorna.

"Maja," sa hon lågmält, "jag tror vi är övervakade."

Maja tittade oroligt ut genom fönstret. "Vad gör vi?"

"Vi fortsätter som planerat," sa Nathalie bestämt. "Men vi måste vara försiktiga."

Nästa morgon briserade bomben. Göteborgs-Postens förstasida skrek ut rubriken: "AVSLÖJANDE: Korruption på Länsstyrelsen bakom olaglig skogsavverkning". Artikeln, signerad Nathalie Bergström och Maja Svensson, detaljerade ett omfattande system av mutor och hemliga överenskommelser som hade lett till att värdefulla naturskogar avverkats i strid med lagen.

Reaktionerna lät inte vänta på sig. Telefonen på redaktionen ringde oavbrutet. Andra medier hörde av sig för att få kommentarer. Länsstyrelsen utfärdade ett pressmeddelande där de lovade en grundlig intern utredning.

Mitt i stormen fann Nathalie och Maja en lugn stund tillsammans. "Vi gjorde det," sa Maja med ett trött men stolt leende.

Nathalie drog henne intill sig och kysste henne ömt. "Ja, det gjorde vi. Tillsammans."

De följande dagarna och veckorna blev en virvelvind av uppföljningsartiklar, intervjuer och möten. Deras avslöjande ledde till en omfattande polisutredning och flera högt uppsatta tjänstemän på Länsstyrelsen tvingades avgå.

En månad efter publiceringen kallade Ingrid in Nathalie och Maja till sitt kontor. "Ert arbete har varit enastående," sa hon allvarligt. "Ni har verkligen visat vad god journalistik kan åstadkomma. Jag vill erbjuda er båda fasta tjänster här på Göteborgs-Posten, som en del av vårt grävande team."

Nathalie och Maja utbytte en blick. Detta var vad de hade drömt om, en chans att fortsätta göra skillnad genom sitt arbete. Men det innebar också att de permanent skulle lämna Falköping bakom sig.

"Kan vi få lite tid att tänka på det?" frågade Nathalie.

Den kvällen satt de på balkongen till sin lägenhet, blickande ut över Göteborgs hamn. "Vad tycker du?" frågade Nathalie mjukt.

Maja var tyst en stund innan hon svarade. "Jag älskar vårt liv här, vårt arbete. Men jag saknar också Falköping ibland. Det är svårt att välja."

Nathalie nickade förstående. "Jag känner likadant. Men tänk på vad vi kan åstadkomma här. Vi kan fortsätta göra skillnad, avslöja orättvisor."

Maja log och tog Nathalies hand. "Du har rätt. Låt oss stanna. Tillsammans kan vi möta alla utmaningar."

Nästa dag accepterade de Ingrids erbjudande. När de lämnade hennes kontor, hand i hand, visste de att de hade tagit ett stort steg. Framtiden var osäker, men de hade varandra och sitt gemensamma engagemang för sanningen.

Kvällen firade de med en romantisk middag på en liten restaurang med utsikt över havet. När de skålade i champagne, sa Nathalie mjukt: "Till kärleken och karriären - må de alltid dansa i perfekt harmoni."

Maja log strålande. "Och till oss, älskling. Tillsammans kan vi klara allt."

De kysste varandra ömt, medvetna om att deras resa bara hade börjat. Med kärlek som grund och passionen för journalistik som drivkraft, var de redo att möta alla utmaningar som väntade. I Göteborg hade de hittat sitt hem, sin kallelse och framför allt - varandra.

Kapitel 15:
Framtidens Ljusa Horisont

Våren hade kommit till Göteborg, och med den en känsla av förnyelse och möjligheter. Nathalie och Maja hade nu arbetat på Göteborgs-Posten i nästan ett år, och deras liv tillsammans hade fallit in i en behaglig rytm. De hade etablerat sig som ett av tidningens mest respekterade reporterteam, kända för sina djupgående och avslöjande artiklar.

En lördag morgon i april vaknade Nathalie tidigt. Hon låg stilla en stund och betraktade Maja som sov fridfullt bredvid henne. Solljuset som sipprade in genom persiennerna fick Majas röda hår att glöda som koppar. Nathalie kände en våg av kärlek och tacksamhet skölja över sig.

Försiktigt, för att inte väcka Maja, smög Nathalie upp och gick ut i köket för att sätta på kaffebryggaren. Medan kaffet puttrade, lutade hon sig mot köksbänken och lät tankarna vandra.

Hon tänkte på allt de hade gått igenom tillsammans - från deras första möte på Falköpings Tidning till de stora avslöjanden de gjort här i Göteborg. De hade stöttat varandra genom tuffa tider och firat varandras framgångar. Maja var inte bara hennes partner i arbetet, utan i livet.

Plötsligt slog det Nathalie med full kraft - hon ville tillbringa resten av sitt liv med Maja. Hon ville vakna bredvid henne varje morgon, dela varje seger och motgång, bygga en framtid tillsammans.

Med darrande händer hällde Nathalie upp två koppar kaffe och gick tillbaka till sovrummet. Maja hade just vaknat och sträckte sig sömnigt mot Nathalie när hon kom in.

"God morgon, älskling," mumlade Maja med ett leende.

Nathalie satte sig på sängkanten och räckte Maja hennes kaffekopp. "God morgon," sa hon mjukt, hjärtat bultande i bröstet.

De satt tysta en stund och drack sitt kaffe. Nathalie kände hur orden hon ville säga byggdes upp inom henne, men hon var osäker på hur hon skulle börja.

"Öh, Maja," sa hon till slut, rösten lite skakig. "Jag har tänkt på en sak..."

Maja tittade upp från sin kaffekopp, nyfiken över Nathalies nervösa ton. "Vad är det, älskling?"

Nathalie tog ett djupt andetag. "Jag älskar dig. Mer än jag någonsin trodde var möjligt att älska någon. Du är min bästa vän, min partner, mitt allt. Och jag... jag undrar om du kanske skulle vilja... om vi kanske skulle ta nästa steg?"

Maja satte ner sin kaffekopp, ögonen vidöppna. "Nathalie, menar du...?"

Nathalie nickade, tårarna började samlas i ögonvrån. "Ja. Maja Svensson, vill du gifta dig med mig?"

Ett ögonblick var Maja tyst, och Nathalie kände hur hennes hjärta nästan stannade. Men sedan bröt ett strålande leende ut över Majas ansikte.

"Ja!" utbrast hon. "Ja, ja, tusen gånger ja!"

Maja kastade sig i Nathalies armar, och de föll bakåt på sängen i en virvel av skratt och tårar och kyssar.

När de äntligen drog sig isär, strök Nathalie ömt bort en tår från Majas kind. "Jag önskar jag hade en ring att ge dig," sa hon ursäktande.

Maja skakade på huvudet. "Det behövs inte. Du är allt jag behöver."

De spenderade resten av dagen i en lycklig bubbla, pratade om framtiden och gjorde planer. De bestämde sig för att hålla förlovningen hemlig ett tag, att ha den som deras egen lilla hemlighet innan de berättade för familj och vänner.

På måndagen var det svårt att dölja deras lycka när de kom till redaktionen. Peter gav dem en frågande blick när de gick förbi hans skrivbord, hand i hand och med identiska fåniga leenden.

"Ni två ser misstänkt glada ut," kommenterade han. "Har ni något stort scoop på gång som ni inte berättat för mig om?"

Nathalie och Maja utbytte en blick och brast i skratt. "Nej, inget scoop," sa Nathalie. "Bara... lyckliga."

Peter skakade på huvudet med ett leende. "Nåja, vad det än är, se till att det inte distraherar er från arbetet. Vi har en tidning att producera."

Under de följande veckorna började Nathalie och Maja försiktigt planera för framtiden. De pratade om bröllop - skulle de ha en stor ceremoni eller något litet och intimt? De diskuterade möjligheten att köpa en lägenhet tillsammans istället för att hyra. Och ibland, sent på kvällen när de låg tätt omslingrade, viskade de om möjligheten att en dag bilda familj.

En månad efter Nathalies spontana frieri, tog de med sig sina föräldrar på middag för att berätta nyheterna. Glädjen och lyckönskningarna som följde bekräftade bara för Nathalie och Maja att de hade fattat rätt beslut.

Senare den kvällen, när de stod på balkongen till sin lägenhet och blickade ut över Göteborgs glittrande ljus, kände Nathalie en överväldigande känsla av frid och lycka.

"Tänk att vi började som kollegor på en liten lokaltidning," sa hon mjukt, armarna runt Maja.

Maja vände sig i hennes famn och log. "Och nu ska vi gifta oss. Livet är verkligen fullt av överraskningar."

"Den bästa överraskningen var du," sa Nathalie och kysste henne ömt.

När de gick och lade sig den natten, visste både Nathalie och Maja att oavsett vilka utmaningar framtiden skulle föra med sig - nya jobb, flyttar, kanske till och med barn en dag - skulle de möta dem tillsammans. De hade hittat sin perfekta partner, både i kärlek och i arbete, och framtiden hade aldrig sett ljusare ut.